隔花

张晓风 著

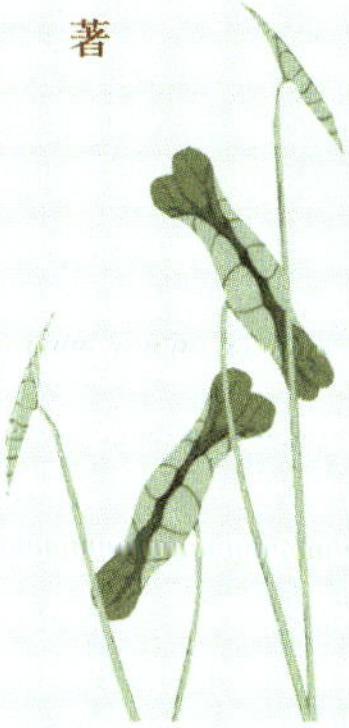

北京联合出版公司
Beijing United Publishing Co.,Ltd.

目录

第二部分　我听到你唱了

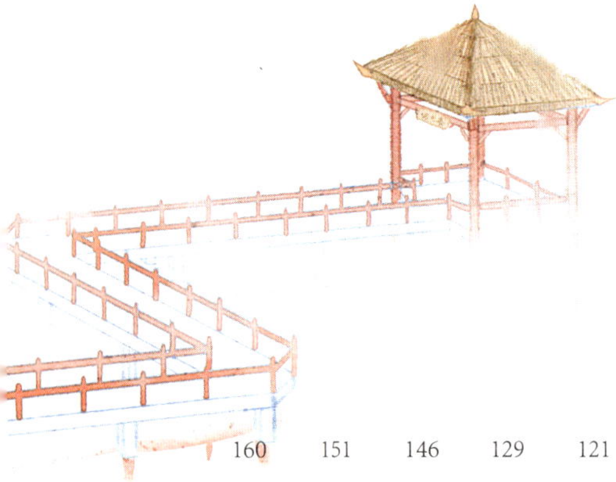

第一部分 种种可爱

第四部分　一句好话

第三部分 春日二则

生命是一桩太好的事情，
好到你无论选择什么方式度过，
都像是一种浪费。

第一部分

种种可爱

只因为年轻啊

一　爱——恨

小说课上，正讲着小说，我停下来发问：

“爱的反面是什么？”

“恨！”

大约因为对答案很有把握，他们回答得很快而且大声，神情明亮愉悦，此刻如果教室外面走过一个不懂中国话的老外，随他猜一百次也猜不出他们唱歌般快乐的声音竟在说一个“恨”字。

我环顾教室，心里浩叹，只因为年轻啊，只因为太年轻啊，我放下书，说：

“这样说吧，譬如说你现在正谈恋爱，然后呢？就分手了，过了五十年，你七十岁了，有一天，黄昏散步，冤家路窄，你们又碰到一起了，这时候，对方定定地看着你，说：

“‘×××，我恨你！’

“如果情节是这样的，那么，你应该庆幸，居然被别人痛恨了半个世纪，恨也是一种很容易疲倦的情感，要有人恨你五十年也不简单，怕就怕在当时你走过去说：

“‘×××，还认得我吗？’

“对方愣愣地呆望着你说：

“‘啊，有点面熟，你贵姓？’”

全班学生都笑起来，大概想象中那场面太滑稽太尴尬吧？

“所以说，爱的反面不是恨，是漠然。”

笑罢的学生能听得进结论吗？——只因太年轻啊，爱和恨是那么容易说得清楚的一个字吗？

二　受创

来采访的学生在客厅沙发上坐成一排，其中一个发问道：

“读你的作品，发现你的情感很细致，并且总是在关怀，但是关怀就容易受伤，对不对？那怎么办呢？”

我看了她一眼，多年轻的额，多年轻的颊啊，有些问题，如果要问，就该去问岁月，问我，我能回答什么呢？但她的明眸定定地望着我，我忽然笑了起来，几乎有点促狭的口气：

“受伤，这种事是有的——但是你要保持一个完完整整不受伤的自己做什么用呢？你非要把你自己保卫得好好的不可吗？”

她惊讶地望着我，一时也答不上话。

人生世上，一颗心从擦伤、灼伤、冻伤、撞伤、压伤、扭伤，乃至到内伤，哪能一点伤害都不受呢？如果关怀和爱就必须包括受伤，那么就不要完整，只要撕裂。基督不同于世人的，岂不正在那双钉痕宛在的受伤手掌吗？

小女孩啊，只因年轻，只因一身光灿晶润的肌肤太完整，你就舍不得碰撞就害怕受创吗！

三　经济学的旁听生

“什么是经济学呢？”他站在台上，戴眼镜，灰西装，声音平静，典型的中年学者。

台下坐的是大学一年级的学生，而我，是置身在这二百人大教室里偷偷旁听的一个。

从一开学我就昂奋起来，因为在课表上看见要开一门“社会科学概论”的课程，包括四位教授来设“政治”“法律”“经济”“人类学”四个讲座。想起可以重新做学生，去听一门门对我而言崭新的知识，那份喜悦真是掩不住藏不严，一个人坐在研究室里都忍不住要轻轻地笑起来。

“经济学就是把‘有限资源’做‘最适当的安排’，以得到‘最好的效果’。”

台下的学生沙沙地抄着笔记。

“经济学为什么发生呢？因为资源‘稀少’，不单物质‘稀少’，时间也‘稀少’，——而‘稀少’又是为什么？因为，相对于‘欲望’，一切就显得‘稀少’了……”

原来是想在四门课里跳过经济学不听的，因为觉得讨论物质的东西大概无甚可观，没想到一走进教室来竟听到这一番解释。

“你以为什么是经济学呢？一个学生要考试，时间不够了，书该怎么念，这就叫经济学啊！”

我愣在那里反复想着他那句“为什么有经济学——因为稀少——为什么稀少，因为欲望”而麻颤惊动，如同山间顽崖愚壁偶闻大师说法，不免震动到石骨土髓咯咯作响的程度。原来整场生命也可作经济学来看，生命也是如此短小稀少啊！而人的不幸却在于那颗永远渴切不止的有所索求、有所跃动、有所未足的心，为什么是这样的呢？为什么竟是这样的呢？我痴坐着，任泪下如麻不敢去动它，不敢让身旁年轻的助教看到，不敢让大一年轻的孩子看到。奇怪，为什么他们都不流泪呢？只因为年轻吗？因年轻就看不出生命如果像戏，也只能像一场短短的独幕剧吗？“朝如青丝暮成雪”，乍起乍落的一朝一暮间又何尝真有少年与壮年之分？“急罚盏，夜阑灯灭”，匆匆如赴一场喧哗夜宴的人生，又岂有早到晚到早走晚走的分别？然而他们不悲伤，他们在低头记笔记。听经济学听到哭起来，这话如果是别人讲给我听的，我大概会大笑，笑人家的滥情，可是……

“所以，”经济学教授又说话了，“有位文学家卡莱亚这样形容：经济学是门‘忧郁的科学’……”

我疑惑起来，这教授到底是因有心而前来说法的长者，还是以无心来度脱的异人？至于满堂的学生正襟危坐是因岁月尚早，早如褐衣初涉水的浅溪，所以才凝然无动吗？为什么五月山栀子的香馥里，独独旁听经济学的我为这被一语道破的短促而多欲的一生而又惊又痛泪如雨下呢？

四　如果作者是花

“年年岁岁花相似，岁岁年年人不同。”

诗选的课上，我把句子写在黑板上，问学生：

“这句子写得好不好？”

“好！”

他们的声音听起来像真心的，大概在强说愁的年龄，很容易被这样工整、俏皮而又怅惘的句子所感动吧？

“这是诗句，写得比较文雅，其实有一首新疆民谣，意思也跟它差不多，却比较通俗，你们知道那歌词是怎么说的？”

他们反应灵敏，立刻争先恐后地叫出来：

太阳下山明早依旧爬上来，
花儿谢了明年还是一样地开
美丽小鸟一去无影踪
我的青春小鸟一样不回来，
我的青春小鸟一样不回来。

那性格活泼的干脆就唱起来了。

“这两种句子从感性上来说，都是好句子，但从逻辑上来看，却有不合理的地方——当然，文学表现不一定要合逻辑，但是我还是希望你们看得出来问题在哪里？”

他们面面相觑，又认真地反复念诵句子，却没有一个人答得上来。我等着他们，等满堂红润而聪明的脸，却终于放弃了，只因太年轻啊，有些悲凉是不容易觉察的。

“你知道为什么说‘花相似’吗？是因为陌生，因为我们不懂花，正好像一百年前，我们中国是很少看到外国人，所以在我们看起来，他们全是一个样子，而现在呢，我们看多了，才知道洋人和洋人大有差别，就算都是美国人，有的人也有本领一眼看出住纽约、旧金山和南方小城的不同。我们看去年的花和今年的花一样，是因为我们不是花，不曾去认识花，体察花，如果我们不是人，是花，我们会说：

"'看啊，校园里每一年都有全新的新鲜人的面孔，可是我们花却一年老似一年了。'

"同样地，新疆歌谣里的小鸟虽一去不回，太阳和花其实也是一去不回的，太阳有知，太阳也要说：

"'我们今天早晨升起来的时候，已经比昨天疲软苍老了，奇怪，人类却一代一代永远有年轻的面孔……'

"我们是人，所以感觉到人事的沧桑变化，其实，人世间何物没有生老病死，只因我们是人，说起话来就只能看到人的痛，你们猜，那句诗的作者如果是花，花会怎么写呢？"

"年年岁岁人相似，岁岁年年花不同。"他们齐声回答。

他们其实并不笨，不，他们甚至可以说很聪明，可是，刚才他们为什么全不懂呢？只因为年轻，只因为对宇宙间生命共有的枯荣代谢的悲伤有所不知啊！

五　高倍数显微镜

他是一个生物系的老教授，外国人，我认识他的时候他已经退休了。

"小时候，父亲是医生，他看病，我就站在他旁边，他说：'孩子，你过来，这是哪一块骨头？'我就立刻说出名字来……"

我喜欢听老年人说自己幼小时候的事，人到老年还不能忘的记忆，大约有点像太湖底下捞起的石头，是洗净尘泥后的硬瘦剔透，上面附着一生岁月所冲积洗刷出的浪痕。

这人大概注定要当生物学家的。

“少年时候，喜欢看显微镜，因为那里面有一片神奇隐秘的世界，但是看到最细微的地方就看不清楚了，心里不免想，赶快做出高倍数的新式显微镜吧，让我看得更清楚，让我对细枝末节了解得更透彻，这样，我就会对生命的原质明白得更多，我的疑难就会消失……”

“后来呢？”

“后来，果然显微镜愈做愈好，我们能看清楚的东西，愈来愈多，可是……”

“可是什么？”

“可是我并没有成为我自己所预期的‘更明白生命真相的人’，糟糕的是比以前更不明白了，以前的显微倍数不够，有些东西根本没发现，所以不知道那里隐藏了另一段秘密，但现在，我看得愈细，知道的愈多，愈不明白了，原来在奥秘的后面还连着另一串奥秘……”

我看着他清癯渐消的颊和清灼明亮的眼睛，知道他是终于“认了”，半世纪以前，那意气风发的少年以为只要一架高倍数的显微镜，生命的秘密便迎刃可解，什么使他敢生出那番狂想呢？只因为年轻吧？只因为年轻吧？而退休后，在校园的行道树下看花开花谢的他终于低眉而笑，以近乎撒赖的口气说：

“没有办法啊，高倍数的显微镜也没有办法啊，在你想尽办法以为可以看到更多东西的时候，生命总还留下一段奥秘，是你想不通猜不透的……”

六　浪掷

开学的时候，我要他们把自己形容一下，因为我是他们的导师，想多知道他们一点。

大一的孩子，新从成功岭下来，从某一点上看来，也只像高四罢了，他们倒是很合作，一个一个把自己尽其所能地描述了一番。

等他们说完了，我忽然觉得惊讶不可置信，他们中间照我来看分成两类：有一类说“我从前爱玩，不太用功，从现在起，我想要好好读点书”；另一类说“我从前就只知道读书，从现在起我要好好参加些社团，或者去郊游”。

奇怪的是，两者都有轻微的追悔和遗憾。

我于是想起一段三十多年前的旧事，那时流行一首电影插曲（大约是叫《渔光曲》吧），阿姨舅舅都热心播唱，我虽小，听到“月儿弯弯照九州”觉得是可以同意的，却对其中另一句大为疑惑。

“舅舅，为什么要唱‘小妹妹青春水里流（或“丢”？不记得了）’呢？”

“因为她是渔家女嘛，渔家女打鱼不能去上学，当然就浪费青春啦！”

我当时只知道自己心里立刻不服气起来，但因年纪太小，不会说理由，不知怎么吵，只好不说话，但心中那股不服倒也可怕，可以埋藏三十多年。

等读中学听到“春色恼人”，又不死心地去问，春天这么好，为什么反而好到令人生恼，别人也答不上来，那讨厌的甚至眨眨狎邪的眼光，暗示春天给人的恼和“性”有关。但事情一定不是这样的，一定另有一个道理，那道理我隐约知道，却说不出来。

更大以后，读浮士德，那些埋藏许久的问句都汇拢过来，我隐隐知道那里有一番解释了。

年老的浮士德，坐对满屋子自己做了一生的学问，在典籍册页的阴影中他乍乍瞥见窗外的四月，歌声传来，是庆祝复活节的喧哗队伍。那一霎间，他懊悔了，他觉得自己的一生都抛掷了，他以为只要再让他年轻一次，一切都会改观。中国元杂剧里老旦上场照例都要说一句“花有重开日，人无再少年”（说得淡然而确定，也不知看戏的人惊不惊动），而浮士德却以灵魂押注，换来第二度的少年以及因少年才“可能拥有的种种可能”。可怜的浮士德，学究天人，却不知道生命是一桩太好的事情，好到你无论选择什么方式度过，都像是一种浪费。

生命有如一枚神话世界里的珍珠，出于砂砾，归于砂砾，晶光莹润的只是中间这一段短短的幻象啊！然而，使我们颠之倒之甘之苦之的不正是这短短的一段吗？珍珠和生命还有另一个类同之处，那就是你倾家荡产去买一粒珍珠是可以的，但反过来你要拿珍珠换衣换食却是荒谬的，就连镶成珠坠挂在美人胸前也是无奈的，无非使两者合作一场“慢动作的人老珠黄”罢了。珍珠只是它圆灿含彩的自己，你只能束手无策地看着它，你只能欢喜或喟然——因为你及时赶上了它出于砂砾且必然还原为砂砾之间的这一段灿然。

而浮士德不知道——或者执意不知道，他要的是另一次“可能”，像一个不知是由于技术不好或是运气不好的赌徒，总以为只要再让他玩一盘，他准能翻本。三十多年前想跟舅舅辩的一句话我现在终于懂得该怎么说了，打鱼的女子如果算是浪掷青春的话，挑柴的女子岂不也是吗？读书的名义虽好听，而令人眼目为之昏眊，脊骨为之佝偻，还不该算是青春的虚掷吗？此外，一场刻骨的爱情就不算烟云过眼吗？一番功名利禄就不算滚滚尘埃吗？不是啊，青春太好，好到你无论怎么过都觉浪掷，回头一看，都要生悔。

“春色恼人”那句话现在也懂了，世上的事最不怕的应该就是“兵来有将可挡，水来以土能掩”，只要有对策就不怕对方出招。怕就怕在一个人正小小心心地和现实生活斗阵，打成平手之际，忽然阵外冒出一个叫宇宙大化的对手，他斜里杀出一记叫“春天”的绝招，身为人类的我们真是措手不及。对着排山倒海而来的桃红柳绿，对着蚀骨的花香，夺魂的阳光，生命的豪奢绝艳怎能不令我们张皇无措，当此之际，真是不做什么既要懊悔——做了什么也要懊悔。春色之叫人气恼跺脚，就是气在我们无招以对啊！

回头来想我导师班上的学生，聪明颖悟，却不免一半为自己的用功后悔，一半为自己的爱玩后悔——只因年轻啊，只因太年轻啊，以为只要换一个方式，一切就扭转过来而无憾了。孩子们，不是啊，真的不是这样的！生命太完美，青春太完美，甚至连一场匆匆的春天都太完美，完美到像喜庆节日里一个孩子手上的气球，飞了会哭，破了会哭，就连一日日空瘪下去也是要令人哀哭的啊！

所以，年轻的孩子，连这么简单的道理你难道也看不出来吗？生命是一个大债主，我们怎么混都是他的积欠户。既然如此，干脆宽下心来，来个“债多不愁”吧！既然青春是一场“无论做什么都觉是浪掷”的憾意，何不反过来想想，那么，也几乎等于“无论诚恳地做了什么都不必言悔”，因为你或读书或玩，或作战，或打鱼，恰恰好就是另一个人叹气说他遗憾没做成的。

——然而，是这样的吗？不是这样的吗？在生命的面前我可以大发职业病做一个把别人都看作孩子的教师吗？抑或我仍然只是一个太年轻的蒙童，一个不信不服欲有所辩而又语焉不详的蒙童呢？

我不曾喂一头羊酿一瓶酒，却能一一拥有，

人在大化前，

在人世的种种情分前也只有死皮赖脸去承恩罢了。

生命中的好事都是在惶愧中承受的吧？

我没有开天辟地，

我没有凿一条溪或种一朵野花，

戈壁行脚

大漠，即大沙漠，蒙古语曰额伦，满洲语曰戈壁，广漠无垠，浩瀚如海，古亦称为瀚海。

——《中文大辞典》

一

“你说，我们是不是疯了？”慕蓉转脸问我，当时车窗外约五百公尺的地方正跑过一群蒙古黄羊，蹄子上仿佛一一长了翅膀，飞快，“顶着这七月中旬正午的大太阳，我们居然跑到这南戈壁的碎石滩上来。”

“对，我们是疯了！”我回答她，眼睛仍不离那上百只的野生黄羊。据说它们有四十万头。

“在蒙古草原旅行看到黄羊，是表示幸运！”有人向我们解释。

“可是，”有人抗议，“刚才一大早看到两只灰鹤的时候，你不是也这么说的吗？请问有没有什么动物看到了是不顺的？”

解说的人一时语塞，不知怎么接话——我很想替他回答：在蒙古，只要碰见的不是老虎、熊、豹和蛇那些会伤人的动物就是幸运的。这块土地比台湾大五十倍，人口却只有我们的十分之一，尤其在南戈壁，车行五六小时却不见一人并不稀奇。因此，如果碰到驯良的生物，应该都叫幸运。

黄羊屁股上一圈白，很像小鹿。我起先看它们飞奔，以为它们在躲避汽车。后来看它们跑过了汽车还一直跑个不停，才觉得它们是有点起哄好玩的意思，也许它们正在争相传告：

“今天一定幸运，因为碰上了一辆汽车。”

那群黄羊大概也疯了——乐疯了。

二

“一川碎石大如斗”，唐人的诗是这样说的。

以前总以为诗人夸张，此刻站在碎石滩上，才知道，事情其实是可能的。此地的碎石仅仅“大如拳”，也许是经过一千二百年的风霜雨露，它们纷纷解体了吧？

这样的碎石滩渺远孤绝，四顾茫然若失，人往大地上一站，只觉自己也成了满地碎石里的一块，凝固、硬挺，在干和热里不断消减成高密度的物质。

沙海终于到了。

我会溺死——若我在亿载之前来。方其时也，这里正是海底，珊瑚正在敷彩，年轻的三叶虫正在轻轻试划自己的肢体。而我会溺死于那片黛蓝，若我来，在亿载之前。

而此刻，在同一坐标，我会干涸而死。若我再枯晒一天。背包里只有一瓶水，一包杏脯和几片饼干。只要我在此站上一天，我就会永远站在这里了。

沙上冷不防地会冒出一两具动物的尸体，不知怎么死的？是因为老病或负伤？是由于殴斗和饥饿？看来它们都一样了，安静地侧卧着，和黄沙同色——一半已埋在沙下，只等待下一场风暴把它们掩埋得更深更不落形迹。

生活过，奔驰过，四顾茫然过，在偶雨时欢欣若狂过——这就是那具骆驼或那具马尸的一生吧？不，这就是一切有情有识的生物的一生吧？

死亡从四面八方虎视眈眈地逼视着这片土地，逼视着我向大化借来的这微贱如蚁的生命——可是，就在这水滴下来都会嗤一声冒起白烟的沙海上，居然还长得出一丛丛卧在地上的小灌木。灌木上还结着小浆果，浆果粒大如黄豆，揉开来是黏稠的汁液，令人迷惑不知所解。仿佛有什么魔法师用幻术养出了这批植物。

风吹来，在沙海，我在沙纹间重绘亿万年前波浪的线条，在风声中复习亿万年前涛声的节拍。望着自己明日即会消失的脚迹，感到这卑微的生存和巨大无常间不成比例的抗衡。

沙海上有一块刺猬的皮，C 把它捡起来——那小动物的身体已不知何处去了，却只在一丛小灌木前留下那片芒刺戟张的皮。肉体已经销蚀尽了。那护卫着柔弱肉体的尖锐芒刺却空自糊里糊涂地继续执行任务。如出鞘之剑，森森寒芒，不知要向何方劈刺。

我原以为 C 捡拾那片刺猬皮是随捡随丢的，却不料他竟拎回去了。我很愕然，呆呆瞪着那密密麻麻的刺，觉得有什么东西穿心而过。

三

我们躺在临时搭成的蒙古包里。那时，已近午夜十二点。

包有一个拱顶，圆圆的，像罗马城的“万神祠”大教堂。那教堂的圆顶大剌剌地开着个大洞，伸手就可以擒来云之白与天之蓝，连飞鸟与天风也是招之即来，挥之即去。那万神祠对我而言远比圣彼得大教堂华美庄严。

而这蒙古包的顶也有一半是开向天空的。

尘沙上有一张薄褥，我就躺在那上面。仰头看天，天上有几粒星，刚好从那半圆形的天窗洒下，因为洞小，容不得满天星斗，但也因为只有那几粒，仿佛分外暗含无穷天机。

如果我能再多清醒一会儿，我就会看到小洞里的星光如何移位，我就能看到时光诡秘的行踪。然而，我睡去了，我无法偷窥一部时光的演义——反而，在暴露的半圆小穴里，我容整张大漠的天空俯视着我的睡容，且让每一颗经过的星星在窥视时轻轻传呼着：“看啊，那女子和我们一样，她正一个时辰一个时辰地老去。一如我们，有一天一觉醒来，我们都将烟消云散，恰如那一夜拔营的蒙古包，不留一丝痕迹。”

我睡去，在不知名的大漠上，在不知名的朋友为我们搭成的蒙古包里。在一日疾驰，累得倒地即可睡去的时刻。我睡去，无异于一只羊、一匹马、一头骆驼、一株草。我睡去，没有角色，没有头衔，没有爱憎，只是某种简单的沙漠生物，一时尚未命名。我沉沉睡去。

四

“这是阿尔泰山。”她简单地说。

“阿尔泰山。”我简单地重复。

好像没有什么可说的，对，这就是阿尔泰山天山的北支。李白的诗啊！明月出天山，苍茫云海间。它当然是，它一直就在那里，它一直就是。

我读过它的名字，在小学的教科书里，对我来说，它和“地球是圆的”“一加一等于二”都属于童年时代牢不可破的真理的一部分。此时见它，只觉是地理书页里少掉的一页插图，现在又补上了，一切是如此顺理成章。

而这插图却一直展现在车子的正前方，我要怎么办呢？它如此美丽、安然而又不动声色。你的眼睛无法移开，因为广大的荒漠中再没有什么其他的视线焦点了。其实它并不抢眼，像古代恐龙一列长长的背脊，而龙正低头吃草，不想惊人，也不想被惊。四野亦因而凝静如太古。

阿尔泰山。我不知该怎么办。

我若能挥鞭纵马，直攀峰头，我若能逐草而居，驱羊到溪涧中去痛饮甘泉，我若能手拨马头琴，讲述悠古的战史，我若能身肩绫罗绸缎去卖给四方好颜色的女子……是的，我若是草原上的战士、牧人、行吟诗人或商贾，则阿尔泰山于我便如沙地的长枕，可以狎热亲昵。但我不是，我是必须离去的过客。

终于我们下了车，去走“约珥峡谷”。七月的山色如江南荷田，那绿色是上天一时的恩旨，所以格外金贵。野花蔓开，使人不禁羡慕山径上的地鼠，它们把每个小山丘都钻满了洞穴，探头探脑，来看这一夏好景。

山沟的水慢悠悠地流过。

敖包立在路旁。是一堆碎石头叠成的一人高的小丘。

“经过敖包，骑者必须下马，行者必须驻足，顺时针方向绕一圈，然后前行。而且，不要忘了为敖包加一块石头。”

“蒙古人只记得他们是从大兴安岭上下来的，所以到了草原，他们还是想垒个小石堆来思念一下。敖包上方有时会插上许多根树枝，那是象征大兴安岭上的森林。”

原来，一个人在堆敖包的时候，他正肩负着整个民族的记忆！

一只沙雁飞起，羽色如沙，倏忽间消失了。

一路行来，我一直问自己一个问题：“这块土地，究竟是属于谁的？”然而，此刻，我忽然明白，“不，土地不属人类，不要问它属于谁，该问‘谁属于它’，黄羊属它，灰鹤属它，沙雁属它，天鹰属它，地鼠属它，牧民属它，如果我爱它，我也属它……”

五

人在峡谷里走，左颊是山，右眉是山，两者仿佛立刻都要擦撞过来，不免惊心动魄。脚下又每是野花，走起路来就有点蹦蹦跳跳的意味，怕踩坏了一路芳华。生命在极旺盛极茂美之际也每每正是最堪痛惜的时分。

想起昨天在戈壁博物馆里看一只“银龙笛”，笛子镶银，银子打造成龙的形状，但整个笛身却是由一根腿胫骨削成的。

“这是一根十八岁女子的腿胫骨。”解说员说。

“为什么单单要用十八岁女子的腿胫骨？”我问。

“因为，十八岁就死去的女子，腿胫骨的声音最好听。”那解说员回答得斩钉截铁。她是一个大眼睛的女子，她回答的时候并无“据闻”“听说”等缓冲词，仿佛那腿胫骨的声音是她亲耳所闻。

我把眼睛贴在博物馆凉凉的玻璃上，看那致密呈象牙色的骨管。十八岁女子的腿骨又如何呢？从科学上说，十八岁女子是不致骨质疏松的，但这一定不是真正的理由，真正的理由是——我走开去，一直想。

而此刻在七月的阿尔泰山山麓，在野花如毡的约珥山谷，我仍在想，那管属于十八岁女子银龙笛的音色。我想那声音中必然有清扬和呜咽，有委屈和畅直，有对生命的迟疑和试探，也有情不得已的割舍和留恋——是这一切令人想起十八岁的女子，是某个年代草原上某些牧人对某个女子骤然逝去深感不舍吧？他们于是着手把她装饰成一截永恒的回音。

峡谷如甬道，算不算一管箫笛呢？流泉淙淙，算不算"阳春白雪"之音呢？我行其间，算不算知音之人呢？

峡谷深处竟是幽幽玄冰，千年相积而不化，想此冰当年曾见铁木真的铁骑，铁木真却不能重睹今夕这莹蓝晶闪的冰雪之眸了。六十五岁，大汗天子在围猎野马时从坐骑上摔下，从此他自这漠漠草原上消失。而积冰却千年万年，在山谷的曲径深处放其幽幽的蓝光。

犛牛在吃草，地鼠作其鼠窜，溪在流，阿尔泰山（原文系"有金之山"）仍然炫耀着夕阳的赤金，"杭盖"（原文指有山有水之处）仍然很杭盖。这一切，好得不能再好。七点了，天仍蓝，云仍白，不安的沙雁仍飞来飞去想找一个更安全的草丛，草原上的夏天有用不完的精力，即使到九点钟，亦仍有堂堂皇皇的天光。

六

第一天，黄昏微雨，戈壁上出现了长虹——那样绝对的平面加上绝对圆弧，几何上最简单却又最慑人的美。而我没有带照相机，于是稍稍有些后悔。第二天，没有雨，因此有艳丽的夕阳，于是，我又有些后悔。

但是我还是坚持不带相机，对环保而言，照相多少是一项污染。如果真有艺术杰作，或者可以稍稍弥过。但我又是个极端蹩脚的摄影人，不如去借别人的来加洗。何况我一向啰唆，旅行起来，连咖啡都带着，能勒令自己少受相机的打扰也总是好事。

由于没有照相机，我也许只能记得很少，我也许会忘记很多。但我已明白，如果我会忘记，那么，就让能记住的被记住，该遗忘的被遗忘。人生在世，也只能如此了。

——夕阳仍浮在山上，我们傻傻地坐在草地上，连一向拍照最忙碌的H也安详地抱膝而坐。

“快拍呀！”有人催他。

“不，不要拍夕阳，”他神秘一笑，“我干过太多次这种事了。每次看到夕阳漂亮就拍，拍出来，却不怎么样。下一次，又看到，又拍，洗出来，还是不怎么样……现在，不拍了！”

他一副“上当多了”的表情，我忽然不后悔了，了解真正碰到大美景的时候，有相机在手跟没相机在手一样无助。

“总不能什么好东西都被你拍光了！”我的语气仿佛有点幸灾乐祸似的，“上帝总还是留一两招是你没办法的！”

七

我对歌者布鲁博·道尔济说：

“给我们唱一首歌吧！”那时候我们的车子正驰向归途，夕阳尚衔在山间，“给我们唱一首跟马有关的歌，好吗？”

“啊！蒙古的歌有一半都跟马有关呢！”

我从没想到，原来只打算提他一下，好让他比较容易选一首歌，不料竟有一半的歌都和马有关。

道尔济是文化协会派来与我们同行的，他办起事来阴错阳差，天昏地暗，可是他只要一开腔唱歌，我们就立刻原谅了他。他使我们了解什么是“大漠之音”。和西南民族比较，西南民族是“山之音”，其声仄逼直行，细致凄婉。草原之音却亮烈宏阔，欢怀处如万马齐鸣，哀婉时则是白杨悲风。

“你们是两条腿走来的，”歌手说，“所以也要学会两首蒙古歌带回去。”

奇怪的逻辑，但我们都努力地跟他学会了一首情歌。

车在草原上疾驰，也算是一种马吧。布鲁博·道尔济真的唱了一首骏马的歌，新月如眉，俯视着大草原。

我把整个头都伸向车外，仰看各就各位的星光，有人警告说：“不可将头手伸出车外。”

怕什么呢？整个南戈壁千里万里的碎石滩上，就只我们一辆车。没有电线杆，没有路，没有人，这伸出来的头颅唯一会撞上的东西只是夹着草香的清风罢了。

八

他们在溪畔生了火。我们到达的时候只见他们不断地找些拳头大的溪石来烤。烤到石头开始发红，他们就在一个密封的锅子里丢了一层羊肉块加一层石头。再一层羊肉，再一层石头。然后锅子密封，放在余火上，大家微微摇动那锅，好让锅里的石头不断去烫肉，大约半小时吧，肉就熟了。

开了锅，先把石头夹出，石头先遭火烤，又被羊肉汤浸，弄得乌黑油亮的，每人发一块，放在手心里，因为烫，只好在左右手之间抛来丢去，据说这是活血的，于身体大有好处。戏罢石头才开始吃肉。肉锅旁还有一桶溪水煮的粗茶，倒也消渴。大伙儿就大碗茶大块肉地吃起来。

前两天，宴客的桌上有一瓶法国白葡萄酒，当时大家都被极烈性的伏特加镇住了，C眼尖，叫我把这瓶葡萄酒留着。此刻拿来泡在溪水里，不一会儿就冷沁入脾了。当时靠着山壁还铺着一张大被子，大约是六尺乘十五尺吧！其实不是被，是蒙古包外围的围毡。大家或坐或倒，喝一口半口葡萄酒，吃刚刚宰杀刚刚焢熟热的蒙古种土羊（蒙人亦认为“洋种羊”较腥膻），这种大尾羊极其纯正鲜美。溪水在峡谷间流，云则在峡谷上飘，世上也竟有这种好日子。

“这是成吉思汗餐，”当地人解释，“成吉思汗出征前都是这样吃的。”

其实用这种热石头来烫热的煮法跟台湾乡间“焢番薯”的道理相近，出征前这样吃倒是对的，行军伙食总以简便实惠为上。

此刻我们并不要出征，却也享尽美福，不禁愧然——然而生命中的好事都是在惶愧中承受的吧？我没有开天辟地，我没有凿一条溪或种一朵野花，我不曾喂一头羊酿一瓶酒，却能一一拥有，人在大化前，在人世的种种情分前也只有死皮赖脸去承恩罢了。

啊！不知道生命本身算不算一种光荣的出征？不知道和岁月且杀且走边缠边打算不算一种悲激的巷战？与时间角力，和永恒徒手肉搏，算来都注定要伤痕累累的。如果这样看，则大英雄出征前这一锅犒军的“贺尔贺德”(指带汁焢肉)，我或者也有资格猛喝一口白酒而大嚼一番吧？

世事皆可作如是观：
有浪，但船没沉，
何妨视作无浪；
有陷阱，但人未失足，
何妨视作坦途。

我　有

那天下午回家，心里好不如意，坐在窗前，禁不住地怜悯起自己来。

窗棂间爬着一溜紫藤，隔着青纱和我对坐着，在微凉的秋风里和我互诉哀愁。

事情总是这样的，你总得不到你所渴望的公平。你努力了，可是并不成功，因为掌握你成功的是别人，而不是你自己。我也许并不稀罕那份成功，可是，心里总不免有一份受愚的感觉。就好像小时候，你站在糖食店的门口，那里有一份抽奖的牌子。你的眼睛望着那最大最漂亮的奖品，可是你总抽不着，你袋子里的镍币空了，可是那份希望仍然高高地悬着。直到有一天，你忽然发现，事实上根本没有那份奖额，那些藏在一排排红纸后面的签全是些空白的或者是近于空白的小奖。

那串紫藤这些日子以来美得有些神奇，秋天里的花就是这样的，不但美丽，而且有那么一份凄凄艳艳的韵味。风一过的时候，醉红乱旋，把怜人的红意都荡到隔窗的小室中来了。

唉，这样美丽的下午，把一腔怨烦衬得更不协调了。可恨的还不止是那些事情的本身，更有被那些事扰乱得不再安宁的心。

翠生生的叶子簌簌作响，如同檐前的铜铃，悬着整个风季的音乐。这音乐和蓝天是协调的，和那一滴滴晶莹的红也是协调的——只是和我受愚的心不协调。

其实我们已经受愚多次了，而这么多次，竟没有能改变我们的心，我们仍然对人抱着孩子式的信任，仍然固执地期望着良善，仍然宁可被人负，而不负人，所以，我们仍然容易受伤。

我们的心敞开，为要迎一只远方的青鸟。可是扑进来的总是蝙蝠，而我们不肯关上它，我们仍然期待着青鸟。

我站起身，眼前的绿烟红雾缭绕着。使我有着微微眩昏的感觉，遮不住的晚霞破墙而来，把我罩在大教堂的彩色玻璃下，我在那光辉中立着，洒金的分量很沉重地压着我。

“这些都是你的，孩子，这一切。”

一个遥远而又清晰的声音穿过脆薄的叶子传来，很柔和，很有力，很使我震惊。

“我的？”

“是的，我给了你很久了。”

“唔，”我说，“我不知道。”

“我晓得，”他说，声音里流溢着悲悯，“你太忙。”

我哭了，虽然没有责备。

等我抬起头来的时候，那声音便悄悄隐去了，只有柔和的晚风久久不肯散去。我疲倦地坐下去，疲于一个下午的怨怒。

我真是很愚蠢的——比我所想象的更愚蠢，其实我一直是这么富有的，我竟然茫无所知，我老是计较着，老是不够洒脱。

有微小的钥匙转动的声音，是他回来了。他总是想偷偷地走进来，让我有一个小小的惊喜，可是他办不到，他的步子又重又实，他就是这样的。

现在他是站在我的背后了，那熟悉的皮夹克的气息四面袭来，把我沉在很幸福的孩童时期的梦幻里。

“不值得的，”他说，“为那些事失望是太廉价了。”

“我晓得，”我玩着一裙阳光喷射的洒金点子，“其实也没有什么。”

“人只有两种，幸福的和不幸福的。幸福的人不能因不幸的事变成不幸福，不幸福的人也不能因幸运的事变成幸福。”

他的目光俯视着，那里面重复地写着一行最美丽的字眼，我立刻再一次知道我是属于哪一类了。

“你一定不晓得的，”我怯怯地说，“我今天才发现，我有好多好多东西。”

“真的那么多吗？”

“真的，以前我总觉得那些东西是上苍赐予全人类的，但今天我知道，那是我的，我一个人的。”

“你好富有。”

“是的，很富有，我的财产好殷实。我告诉你，我真的相信，如果今天黄昏时宇宙间只有我一个人，那些晚霞仍然会排铺在天上的，那些花儿仍然会开成一片红色的银河系的。”

忽然我发现那些柔柔的须茎开始在风中探索，多么细弱的挣扎，那些卷卷的绿意随风上下，一种撼人的生命律动。从窗棂间望出去，晚霞的颜色全被这些纤纤约约的小触须给抖乱了，乱得很鲜活。

生命是一种探险，不是吗？那些柔弱的小茎能在风里成长，我又何必在意长长的风季？

忽然，我再也想不起刚才忧愁的真正原因了。我为自己的庸俗愕然了好一会儿。

有一堆温柔的火焰从他双眼中升起。我们在渐冷的暮色里互望着。

“你还有我，不要忘记。”他的声音有如冬夜的音乐，把人圈在一团遥远的烛光里。

我有着的，这一切我一直有着的，我怎么会忽略呢？那些在秋风里犹为我绿着的紫藤，那些虽然远在天边还向我粲然的红霞，以及那些在一凝注间的爱情，我还能更求些什么呢？

那些叶片在风里翻着浅绿的浪，如同一列编磬，敲出很古典的音色。我忽然听出，这是最美的一次演奏，在整个长长的秋季里。

种种可爱

作为一个小市民有种种令人生气的事——但幸亏还有种种可爱，让人忍不住的高兴。

中华路有一家卖蜜豆冰的——蜜豆冰原来是属于台中的东西（木瓜牛奶也是），但不知什么时候台北也都有了——门前有一副对联，对联的字写得普普通通，内容更谈不上工整，却是情婉意贴，令人动容。

上句是：我们是来自纯朴的小乡村。

下句是：要做大台北无名的耕耘者。

店名就叫“无名蜜豆冰”。

台北的可爱就在各行各业间平起平坐的大气象。

永康街有一家卖面的，门面比摊子大，比店小，常在门口换广告词，冬天是“100℃的牛肉面”。

春天换上“每天一碗牛肉面，力拔山河气盖世”。

这比“日进斗金”好多了，我每看一次简直就对白话文学多生出一份信心。

有一天在剧场里遇见孟瑶，请她去喝豆浆，同车去的还有俞大纲老师和陈之藩夫人，他们都是戏剧家，很高兴地纵论地方剧，忽然，那驾驶员说：

“川剧和湖北戏也都是有帮腔的呀！”

我肃然起敬，不是为他所讲的话，而是为他说话的架势，那种与一代学者比肩谈话也不失其自信的本色。

台北的人都知道自己有讲话的份，插嘴的份。

好几年前，我想找一个洗衣兼打扫的半工，介绍人找了一位洗衣妇来。

“反正你洗完了我家也是去洗别人家的，何不洗完了就替我打扫一下，我会多算钱的。”

她小声地咕哝了一阵，介绍人郑重宣布：

“她说她不扫地——因为她的兴趣只在洗衣服。”

我起先几乎大笑，但接着不由得一凛，原来洗衣服也可以是一个人认真的“兴趣”。

原来即使是在“洗衣”和“扫地”之间，人也要有其一本正经的抉择，有抉择才有自主的尊严。

带一位香港的朋友坐计程车去找一个地方，那条路特别不好找，计程车驾驶员找过了头，然后又折回来。

下车的时候，他坚持要扣下多绕了冤枉路的钱。

“是我看错才走错的，怎么能收你们的钱？”

后来死推活拉，总算用折中的办法，把争执的差额付了。香港的朋友简直看得愣住了，我觉得大有面子。

祝福那位驾驶员！

我家附近有一个卖水果的，本来卖许多种水果，后来改了，只卖木瓜，见我走过，总要说一句：

“老师，我现在卖木瓜了——木瓜专科。”

又过了一阵，他改口说：

“老师，现在更进步了，是木瓜大学了。”

我喜欢他那骄矜自喜的神色，喜欢他四个肤色润泽的活蹦乱跳的孩子——大概都是木瓜大学作育有功吧？

隔巷有位老太太，祭祀很诚，逢年过节总要上供。有一天，我经过她设在门口的供桌，大吃一惊，原来她上供的主菜竟是洋芋沙拉，另外居然还有罐头。

后来想倒也发觉她的可爱，活人既然可以吃沙拉和罐头，让祖宗或神仙换换口味有何不可？

她的没有章法的供菜倒是有其文化交流的意义了。

从前，在中华路平交道口，总是有个北方人在那里卖大饼。我从来没有见过那种大饼整个一块到底有多大，但从边缘的弧度看来直径总超过二尺。

我并不太买那种饼，但每过几个月我总不放心地要去看一眼，我怕吃那种饼的人愈来愈少，卖饼的人会改行，我这人就是“不放心”（和平东路拓宽时，我很着急，深怕师大当局一时兴起，把门口那开满串串黄花的铁刀木砍掉，后来一探还在，高兴得要命）。

那种硬硬厚厚的大饼对我而言差不多是有生命的，北方黄土高原上的生命，我不忍看它在中华路上慢慢绝种。

后来不知怎么搞的，忽然满街都在卖那种大饼，我安心，真可爱，真好，有一种东西暂时不会绝种了！

华西街是一条好玩的街，儿子对毒蛇发生强烈兴趣的那一阵子我们常去。我们站在毒蛇店门口，一家一家地去看那些百步蛇、眼镜蛇、雨伞蛇……

“那条蛇毒不毒？”我指着一条又粗又大的问店员。

“不被咬到就不毒！”

没料到是这样一句回话，我为之暗自惊叹不已。其实，世事皆可作如是观：有浪，但船没沉，何妨视作无浪；有陷阱，但人未失足，何妨视作坦途。

我常常想起那家蛇店。

有一天在一家公司的墙上看到这样一张小纸条：

“请随手关灯，节约能源，支援十大建设。”

看了以后，一下子觉得十大建设好近好近，好像就是家里的事，让人觉得就像自家厨房里添抽风机或浴室里要添热水炉，或饭厅里要添冰箱的那份热闹亲切的喜气。——有喜气就可以省着过日子，省得扎实有希望。

为了整修“我们咖啡屋”，我到八斗子渔港去买渔网，渔网是棉纱的，用山上采来的一种植物染成赭红色，现在一般都用尼龙的了，那种我想要的老式的棉纱渔网已成古董。

终于找到一家有老渔网的，他们也是因为舍不得，所以许多年来一直没丢，谈了半天他们决定了价钱：

“二角三！”

二角三就是两千三百的意思，我只听见城里市面上的生意人把一万说成一块，没想到在偏僻的八斗子也是这样说的。大家说到钱的时候，全都不当回事，总之是大家都有钱了，把一万元说成一块钱的时候，颇有那种偷偷地志得意满而又谦逊不露的劲头。

有一阵子，我的公交月票掉了，还没有补办好再买的手续以前，我只好每次买票——但是因为平时没养成那份习惯，每看见车来，很自然地跳上去了，等发现自己没有月票，已经人在车上了。

这种时候，车掌多半要我就便在车上跟其他乘客买票——我买了，但等我付钱时那些卖主竟然都说：“算了，不要钱了。”一次犹可，连着几次都是这样，使我着急起来，那么多好人，令人“无所逃于天地之间”，长此以往，我岂不成了“免费乘车良策”的发明人了，老是遇见好人也真是让人非常吃不消的事。

我的月票始终没去补办，不过却幸运地被捡到的人辗转寄回来了，我可以高高兴兴地不再受惠于人了——不过偶然想起随便在车上都能遇见那么多肯“施惠于人”的好人，可见好人倒也不少，台北究竟还是个适合人住的地方。

在一家最大规模的公立医院里，看到一个牌子，忍不住笑了起来，那牌子上这样写着：“禁止停车，违者放气。”

我说不出的喜欢它！

老派的公家机关，总不免摆一下衙门脸，尽量在口气上过官瘾，碰到这种情形，不免要说“违者送警”或“违者法办”。

美国人比较干脆，只简简单单地两个大字“No Parking”——“勿停”。

但口气一简单就不免显得太硬。

还是“违者放气”好，不凶霸不懦弱，一点不涉于官方口吻，而且憨直可爱，简直有点孩子气的作风——而且想来这办法绝对有效。

有个朋友姓李，不晓得走路的习惯是偏了内八字或外八字——总之，他的鞋跟老是磨得内外侧不一样厚。

他偶然找到一个鞋匠，请他换鞋跟，很奇怪的，那鞋匠注视了一下，居然说：“不用换了，只要把左右互调一下就是了，反正你的两块鞋跟都还有一半是好用的！”

朋友大吃一惊，好心劝告他这样处处替顾客打算，哪里有钱赚，他却也理直气壮：

“该赚的才赚，不该赚的就不赚——这块鞋底明明还能用。”

朋友刮目相看，然后试探性地问他：

“做了一辈子事，退了役还得补鞋，政府真对不起你。”

“什么？人人要这样一想还得了，其实只有我们对不起政府，政府哪有什么对不起我们的。”

朋友感动不已，嗫嗫嚅嚅地表示要送他一套旧西装（他真的怕会侮辱他），他倒也坦然接受了。

不知为什么，朋友说这故事给我听的时候，我也不觉得陌生，而且真切得有如今天早晨我才看过那老鞋匠似的。

有一次在急诊室看医生急救病人，病人已经昏迷了，氧气罩也没用了，医生狠劲地用一个类似皮球的东西往里面压缩氧气。

至少是呼吸系统有毛病。

两个医生轮流压，像打仗似的。

渐渐地，他清醒了，但仍说不出话来，医生只好不断发问来让他点头摇头，大概问十几个问题才碰得上一个点头的答案。

他是在路上发病的，一个亲人也没有，送他来的是一个不相干的人。

后来发现他可以写字——虽然他眼睛一直是闭着的。

医生问他的病历，问他是不是服过某些成药，问他现在的感觉，忽然，那医生惊喜地叫了一声：

“写下去，写下去，再写！你写得真好——哎，你的字好漂亮。”

整个急救的过程，我都一面看一面佩服，但是当他用欢呼的声音去赞美那病人不成笔画的字的时候，我却为之感动得哽咽起来。

病人果真一路写下去。

也许那病人想起了什么，虽然闭着眼睛，躺在床上仰面而写，手是从生死边缘被救回来的颤抖不已的手——但还有人在赞美他的字！也许是颜体的，也许是柳体，也许什么都不是，只是一个活着的人写的字，可贵的是此刻他的字是“被赞美的字”。

那医生救人的技能来自课本，但他赞美病人的字迹却来自智慧和爱心，后者更足以使整个的急救室像殿堂一样地神圣肃穆起来。

有一位父执辈，颇有算八字的癖好，谁家有了刚生的孩子，他总要抢来时辰，免费服务一番——那是他难得实习的机会。

算久了，他倒有一个发现，现代孩子的命普遍都比老一辈好，他又去找同道证实，得到的结论也都一样，他于是很高兴，说：

“时运一定是好的了，要不是时运好，哪有那么多命好的孩子。”

我自己完全不知道八字是怎么一回事，但听到他的话仍不免欢欣雀跃，甚至肃然起敬——为那些一面在排着神秘的八字一面又不忘忧心时事的人。

在澄清湖的小山上爬着，爬到顶，有点疑惑不知该走哪一条路回去，问道于路旁的一个老兵。

那人简直不会说话得出奇，他说：

“看到路——就走，看到路——就走，再看到路——再走，就到了。”

我心里摇头不已，怎么碰到这么呆的指路人！

赌气回头自己走，倒发现那人说的也没错，的确是“看到路——就走”，渐渐地，也能咀嚼出一点那人言语中的诗意来，天下事无非如此，“看到路——就走”，哪有什么一定的金科玉律，一部二十五史岂不是有路就走——没有路就开路，原来万物的事理是可以如此简单明了——简单明了得有如呆人的一句呆话。

西谚说，把幸运的人丢到河里，他都能口衔宝物而归，我大概也是幸运的人，生活在这座城里，虽也有种种倒霉事，但奇怪的是，我记得住的而且在心中把玩不已的全是这些可爱的片断！这些从生活的渊泽里捞起来的种种不尽的可爱。

人和人之间有时候竟可以淡得十年不见，
十年既见却又可以淡得相对无一语，
即使相对应答又可以淡得没有一件可以称之为事情的事情，
奇怪的是淡到如此无干无涉，
却又可以是相知相重、生死不舍的朋友。

你还没有爱过

——七月七，另一种更悲壮的情人节

唐人街

钓。

那是纽约，唐人街，几张废纸被风扬起，飘了几步，然后坠下。

有人在某个交叉口上拍功夫片，一个又小又瘦的男孩拖着条辫子，对着镜头猛然把脚踢起——

八月的夜，说不上是闷热还是凄凉。你下了车，走出停车场，送我们在一片墨色中走向投宿的楼。

“什么时候——总会再见面的吧？”

“在台湾？”我们问。

“也许。”

八楼上，我们俯视模糊的唐人街，楼很旧，唐人街更旧，我忽然觉得这里每一件事看起来都显得不胜疲倦。

那是四年前的事了。

都说你“左”了，朋友们谈起你，口气立刻异样起来，但我们一到纽约，还是辗转把你的电话要到了。爬上楼梯，我们看到你年迈的父母，你的妻，你自己，以及你那被“钓鱼岛事件”灼热过、被左倾的激情灌注过，而今却被囚于美国资本主义社会里“一个保险公司的职员的脸上”的眼睛。

即使是左了，朋友总还可以是朋友吧？

像京戏《群英会》里的周瑜和蒋干，如今的中国人见了面也往往必须约好“今夕只谈风月”。

坐在斗室里，我开始迷惑，那么多中国人坐在异国的屋檐下把盏话中国——盏中所注的是异国冰冻的橙汁或可乐，以潇洒的手势。

而我，我不要站在隔岸，我既经决定纵身入火，就已放弃隔岸观火的悠闲。我在火里，和万千人比肩，这场火会焚我们成灰？抑或炼我们成钢？答案总会分晓。我们要赌这一口气——跟火，也跟岸上观火的袖手人。

那天，我们分了手，在纽约唐人街沉沉的夜色里，不知为什么，那夜色常是我心上挥不掉的一抹黑。

你还没有爱过！

在台北北门口平和安静的宿舍里，家家户户种的小花小草，此起彼落地开着，你一住二十年。一个书包，来来往往地背来又背去。生字簿念烂一本又换一本。一盏灯下，你慈祥的姥姥把菜式从春韭逐渐换成冬夜的酸白菜火锅……平靖的岁月就这样过去，但你始终没有遇见“爱”，你从来不懂什么叫激情，你找不到一个烈焰腾腾的祭坛把自己献上——你还没有爱过！你的生命是一场空白。

那个温柔的、巨大的、坚实的、强悍的爱你还不曾经历。你还是一个笔画尚未写完的字，读不出意义来。

你还没有爱过——那种可以称之为国家民族的爱。

曾有人爱过——在千年以前。

曾有人爱过——在百年以前。

曾有人爱过——在近几十年，以及今天。

但，为什么付出者不是你我？

你还没有爱过，虽然你匆匆去找一个对象并且努力认同，虽然你让自己恍惚感到一份悲壮伟大的情操。而一转眼，地覆天翻，热忱萎落尘泥，你才发觉你在崇拜一个并不存在的神祇，你发现整个事件是一场虚空的单恋。

你仍然没有爱过。你仍然空白。

贵阳街

转过中华路，把市声留在堂皇阔大的阳光里，就到了贵阳街。

几门古炮竖在路边，猛然走过，仿佛旧日的沉响犹在耳——那个地方叫“国军历史文物馆”。

你走进去，两侧大玻璃橱里的历史静静地定了影。历史僵冷无比，也温柔无比。历史极可信，却又几乎令人不敢置信。

截竹子，剖自广西宾阳县的莫陈村（莫陈村？是姓莫的和姓陈的人世居的小村落吧？），那时是一九四〇年（我们还没有出生，却有人在那年已死了），在一场寡不胜敌的殊死战后，日本军官筑紫丰在七个学生的尸体间发现了几截竹子和其上的刻字：

终有一天，将我们的青天白日旗飘扬在富士山头！

字迹仍然清楚秀丽，是什么人从容的绝笔？（是一个姓莫的或姓陈的少年吗？）筑紫丰把竹子锯下来，起名叫“竹林遗书”，并且带到日本，在九州的福冈市像神明一样地供起来。

一九六六年，神宫的官司把它带回台北，交还给中国人。

而今，它那样安详而不显眼地站在那里，可以是任何一个中国人于自在随便时说的一句话。可以是大劫当前、血尽泪枯时淡然的一句遗言——也可以是让侵略者倏然一惊不由得不顶礼膜拜的神物。

再转过去，一件紫斑的血衣静静地叠放着。仿佛是黄昏，那女人打好了水柔声地叫他去沐浴，一件待换的衣服放在浴缸旁——而那人再不回来了，一枚小小的取自胸膛的弹头放在旁边。一个湖南人，死在山东。悲伤吗？不，那人以胸血拓下一朵红梅，那人爱过了！

两侧模糊的旧照片在絮絮地叮咛着一些什么。

有人站在卢沟桥头，在桥柱中把自己站成桥柱，在满桥数不清的石狮子中把自己站成活的狮子——那年轻的兵，他爱过了。

有人在太原城里死守巷战。

有人强渡怒江，浑忘身家。

有人在遥远的腾冲城，以血肉之躯证道。

有人在不知名的异乡，将自己不被人知的名字交给中国的大地。

有人死在海里。

有人死在蓝得亮烈的中国天空。

而终有一天，一纸降书，一排降将，一长列解下的军刀，我们赢了！

我们赢了，那不是最重要的，重要的是，那一代的中国人爱过了。

诗

有人称他为邱清泉上将，而我要说，他是一个诗人。

号雨庵——多雅逸的别号，是诗人的别号啊！那里面有文文山和岳武穆的传承啊！

在一个“暖日照融千树雪，寒风吹散满天云”的十二月，他迎接战胜而归的莫伦生，占一首七律：

汗马黄沙百战勋
神州多难待诸君
从来王业归汉有
岂可江山与贼分
…………

那是以剑写的诗，那是以枪圈点的诗，那不是中文系里平平仄仄的产品。而在“第二兵团驻徐办事处”的用笺上（一张怎样的诗笺），他匆匆写下凄怆的五古：

…………
何处是青山
定多杜鹃血
入夜秋风起
云浮月明灭
鸿雁何悲鸣

征夫心胆裂

故园人岂知

天涯愁肠结

所谓战争和诗，在根本上应该是一种事业——都是蘸血来写的一种事业。

而在芝山岩，情报局，那些遗书无声地挂在墙上，一封封，丈夫写给妻子的，女孩写给姐姐的。一股羁不住的豪情，一些斩不断的牵绊。你仿佛听到有声音破纸而出，大声地喊你，喊醒你血液里沉睡的什么。

那些恻恻的语言，怎能不是诗。

赵锡光，香江学院毕业，有一张属于书生的温文尔雅的脸，死于三十九岁，他给妻子的信平静而深情：

巧云：

当您看到我亲笔留给您（的）这封信的时候，那么就是我已经不在人间了。这您一定会痛不欲生的。

可是，您要知道，您的丈夫，我，是在这个国难家破的时候勇敢光荣地为国家牺牲了的。所以，这您该感到万分的骄傲，不应悲伤。不但不应该悲伤，更应该坚强地做人，愉快地生活，耐心教养我俩的爱女“世惠”，孝顺爸妈，这样您才算是一位贤妻孝女，更才算是一个有理性有知识有教育有情感的女性。巧云，我深知您是一个洁贞的贤妻良母，兼之我俩相爱甚笃，故无论我生或死，您都不会有二心两志的，可是，巧云，您要知道，现在您正是青春之年，一个年轻的女子没有丈夫是最不方便和容易受人欺侮的。同时爸妈又只有您这一个独生女儿，别无子嗣，他俩老人家年纪又大了，因此无论如何您都需要有一位常在您身边而忠实可靠健康的丈夫，那么您及您爸妈才有所依靠……绝不可为了我俩夫妻爱情就坚志不肯再次婚嫁……待世惠长大后希望您能使她知道她的爸爸……巧云，听话吧，不要悲伤，如真是说人死后还有灵的话，那么，我会保佑您母女的……巧云……盼望您珍惜保重……

陈实曾是个山东大汉，刻苦自励，却意外的有一手漂亮的字。

淑媛：

我要出海了，我的任务很艰巨，做一个军人的妻子，要比军人还要勇敢。如果真有那么一天（也许不会），那也是军人的归所，何况人生自古谁无死，你不要太悲伤，因为我们有五个孩子，需要你照料。

我想不会像我想的那么坏，但是我却希望在你的心里有个准备，才不会被突如其来的打击打倒。

孩子们要好好照料，叫他们都能受良好的教育，不要放弃你的工作，这样在精神上有个安慰，临行匆匆，不多写了，希望你多自珍重。

那些人也有智慧，那些人也有爱情，那些人也有对人世的依恋，那些人是比一切诗人更其诗人的，而他们却死了，无数的人正跟着他们去死，他们以自己的死亡去换取我们的生存，而我们浑然不知。

他们活过了，他们爱过了，他们诗过了——你呢？

同学录

你的毕业年刊，我看过了，彩色精印，在雪白的铜版纸上。年刊里有女孩的笑靥，有那春天闹嚷嚷的杜鹃，有宁静的校园，有校园中的钟声……

但我要说的是半世纪以前民国十四年黄埔一期的那一本。在那里没有人题“鹏程万里”，在那里没有人说“前途光明”，一篇序言竟是一篇泣血的哽语，所谓生死之交，所谓袍泽深情，应该就是这样的句子：

> 开卷，见总理与全校同志之写真，万感交集，未序先泣……在我之前者为总理，在我之后者有诸生与各将士。昔日同生死共患难者，至今几不及十之七，至亲如先妣，至爱如二子，每遭国难奉电命，皆能弃置骨肉之亲于勿顾。而独于本校同志之间须臾分离，此心遂觉怦怦不自安……阵亡者四十余人……诸子折股断臂，洞胸穿肠，伤势更剧，几至残废终身，见之但有对泣而已。其中死事之尤惨者……检其遗骸，其弹颗之中脑部与胸部者，有五弹以至十一弹者，几使中正目不忍睹……言念及此，能不痛心？呜呼！吾校同志，前仆后继，每于肉搏登城碧血淋漓之时，毫无悸怖状，且浩然捐生，乐如还乡。其果何为而使然也？无他，总理主义之所感，而诸生精诚之所出也。今先于我者总理既长逝，后乎我者诸生亦多沦亡，而惟留不先不后不死不活之中正，贻笑于世。天下之至难堪悲戚酸楚而不能忍者，孰过于此？古人以苟活为羞，而其痛苦有甚于身死者！余视今日师长之死，与我学生将士之死，其难言之隐痛，实过于余之身死……每于梦中哭笑啼泣，家人常为之震惊不置，及余醒后，恍惚几不自知其所以然，但觉对我已死之同志，凄惨悲伤黯然消魂而已……

而在六期的序里，你看到的仍是那样剖心沥肝的句子：

> 苍茫四顾，万感交集，第六期同学录序，不知应从何序起。诸同

学试一张目以视，一闭目以思，人间何世？反动势力是否完全消灭？破坏和平统一之新军阀是否敛迹？不平等条约是否取消？国防军队是否健实？帝国主义者之进攻是否轻于前？……一言以蔽之，今日中国之革命，是否已完全？今日国家之危急，民众之痛苦是否已较第一期第二期第三期第四期第五期各期同学毕业时为佳？

而学生们照例把照片剪成椭圆形，那些名字和通讯处总令我惊奇。

王新民年二十徐州睢宁城内恒泰号转

恒泰号？恒泰号是一个南货店还是个杂货铺？

郭孝言年十九镇江城内小市口杜宅后院

杜宅后院？他是怎么从深深的后院走出来跑到黄埔去的？那其间有一个怎样长长的故事？

张个臣年二十四陕西宁陕县关口街

张个臣？是出于《大学》那本书里“若有一个臣”的句子吧？还戴着眼镜，一个认真的男孩。

章甫年二十三湖南永州老县门口章吉祥药号交

章吉祥药号？一个瓶罐井然的中药铺？他是怎样蜕变为方脸扬眉的军人？

李慕孙年二十二广东新丰街永生堂转

李慕孙？是慕孙中山吧？

张慕陶年二十七湖北鄂城县张义顺鱼行

鱼行？是鱼米之乡的地方来的吧？

张衡年二十五浙江海门大荆镇张裕大酒坊

酒坊？那男孩会在魂梦中想起故园芳烈的气息吗？

李亚丹年二十二湖南岳州桃林喻义兴宝号转李家旧屋

李家旧屋？那是怎样庭院深深瓦漏墙圮的一个地方？

蔡轶伦年二十一江苏奉贤南桥镇徐永馨花行交

花行？也有军人是来自花行的吗？

郑良思年二十五福建福州南台洋头口大井同宝成烛芯店转

烛芯店，那是怎样的一种风光？

张情侠年二十一上海法界蓝维霭路元昌米行交

奇怪的名字，情侠，是逃家出来以后自己偷取的吧？

只为一声戍角，那些好男儿从稻田，从麦田，从高粱田，从商行，从药铺，从磨坊，从鱼行，从杂货铺，从酒坊一一走出来，就这样，走出一番新翠照眼的日月山川，不知为什么，越读那些土里土气的小地名，越觉有万千王师的气象，每翻一张扉页，竟觉得在腕底翻起的是飒飒然的八方风雨。

怎么也曾有如此一本同学录，没有彩色，只有风雨。

看五十年前的少年，如今剩两鬓花斑，但他们活过，他们爱过。

我们注定要为一个什么而燃烧，我们要狠狠地爱一场，只是，去爱什么呢？去为什么而自焚呢？为一个不存在的谎言？抑或为一则确凿的信仰？

你呢？

今夕何夕？

坐在软椅上，从头皮到脚趾完好无一寸伤痕的你，身体发肤不着一丝烟熏火燎的你，在冰箱里寻找冰冻橙汁、可乐或七喜的你——

你，还没有爱过。

我大概也是幸运的人，
生活在这座城里，
虽也有种种倒霉事，
但奇怪的是，
我记得住的而且在心中把玩不已的
全是这些可爱的片断！
这些从生活的渊泽里捞起来的种种不尽的可爱。

半　局

楔　子

汉武帝读司马相如的《子虚赋》，忽然怅恨地说：

"朕独不得与此人同时哉！"

他错了，司马相如并没有死，好文章不一定都是古人做的，原来他和司马相如活在同一度的时间里。好文章、好意境加上好的赏识，使得时间也有情起来。

我不是汉武帝，我读到的也不是《子虚赋》，但蒙天之幸，让我读到许多比汉赋更美好的"人"。

我何幸曾与我敬重的师友同时，何幸能与天下人同时，我要试着把这些人记下来。千年万世之后，让别人来羡慕我，并且说："我要是能生在那个时代多么好啊！"

大家都叫他杜公——虽然那时候他才三十几岁。

他没有教过我的课——不算我的老师。

他和我有十几年之久在一个学校里，很多时候甚至是在一间办公室里——但是我不喜欢说他是“同事”。

说他是朋友吗？也不然，和他在一起虽可以聊得逸兴遄飞，但我对他的敬意，使我始终不敢将他列入朋友类。

说“敬意”几乎又不对，他这人毛病甚多，带棱带刺，在办公室里对他敬而远之的人不少，他自己成天活得也是相当无奈，高高兴兴的日子虽有，唉声叹气的日子更多。就连我自己，跟他也不是没有斗过嘴、使过气，但我惊奇我真的一直尊敬他，喜欢他。

原来我们不一定喜欢那些老好人，我们喜欢的是一些赤裸、直接的人——有瑕的玉总比无瑕的玻璃好。

杜公是黑龙江人，对我这样年龄的人而言，模糊的意念里，黑龙江简直比什么都美，比爱琴海美，比维也纳森林美，比庞贝古城美，是榛莽渊深、不可仰视的。是千年的黑森林、千峰的白积雪加上浩浩万里、裂地而奔窜的江水合成的。

那时候我刚毕业，在中文系里做助教，他是讲师，当时学校规模小，三系合用一个办公室，成天人来人往的，他每次从单身宿舍跑来，进了门就嚷：

“我来‘言不及义’啦！”

他的喉咙似乎曾因开刀受伤，非常沙哑，猛听起来简直有点凶恶，何况他又长着一副北方人魁梧的身架，细听之下才发觉句句珠玑，令人绝倒。后来我读到唐太宗论魏徵（那个凶凶的、逼人的魏徵），却说其人“妩媚”，几乎跳起来，这字形容杜公太好了——虽然杜公粗眉毛，瞪凸眼，嘎嗓子，而且还不时骂人。

有一天，他和另一个助教谈西洋史，那助教忽然问他那段历史中兄弟争位后来究竟是谁死了，他一时也答不上来，两个人在那里久久不决，我听得不耐烦：

“我告诉你，既不是哥哥死了，也不是弟弟死了，反正是到现在，两个人都死了。”

说完了，我自己也觉一阵悲伤，仿佛《红楼梦》里张道士所说的一个吃它一百年的疗妒羹——当然是效验的，百年后人都死了。

杜公却拊掌大笑：

“对了，对了，当然是两个都死了。”

他自此对我另眼看待，有话多说给我听，大概觉得我特别能欣赏——当然，他对我特别巴结则是在他看上跟我同住的女孩之后，那女孩后来成了杜夫人，这是后话，暂且不提。

杜公在学生餐厅吃饭，别的教职员拿到水淋淋的餐盘都要小心的用卫生纸擦干（那是十几年前，现在已改善了），杜公不然，只把水一甩，便去盛两大碗饭，他吃得又急又多又快，不像文人。

“擦什么？”他说，“把湿细菌擦成干细菌罢了！”

吃完饭，极难喝的汤他也喝：

“生理食盐水，”他说，“好欸！”

他大概吃过不少苦，遇事常有惊人的洒脱，他回忆在政大读政治研究所时说：

“蛇真多——有一晚我在洗澡关门时夹死了一条。”

然后他又补充说：

“当时天黑，我第二天才看到的。”

他住的屋子极小，大约是四个半榻榻米，宿舍人又杂，他种了许多盆盆罐罐的昙花，不时邀我们清赏，夏天招待桂花绿豆汤、郁李（他自己取的名字，做法是把黄肉李子熬烂，去皮核，加蜜冰镇），冬天是腊八粥或猪腿肉红煨干鱿鱼加粉丝。我一直以为他对莳花深感兴趣，后来才弄清楚，原来他只是想用那些多刺的盆盆罐罐围满走廊，好让闲杂人等不能在他窗外聊天——穷教员要为自己创造读书环境还真难。

“这房子倒可以叫‘不畏斋’了！”他自嘲道，“四十、五十而无闻焉，其亦不足畏也——孔夫子说的。”

他那一年已过了四十岁了。

当然，也许这一代的中国人都不幸，但我却比较特别同情民国十年左右出生的人，更老的一辈赶上了风云际会，多半腾达过一阵，更年轻的在台湾长大，按部就班地成了青年才俊。独有五十几岁的那一代，简直是为受苦而出世的，其中大部分失了学，甚至失了家人，失了健康，勉力苦读的，也拿不出漂亮的学历，日子过得抑郁寡欢。

这让我想起汉武帝时代的那个三朝不被重用的白发老人的命运悲剧——别人用“老成谋国”者的时候，他还年轻；别人用“青年才俊”的时候，他又老了。

杜公能写字，也能作诗，他随写随掷，不自珍惜，却喜欢以米芾自居。

“米南宫哪，简直是米南宫哪！”

大伙也不理他。他把那幅“米南宫真迹”一握，也就丢了。

有一次，他见我因为一件事而情绪不好，便仿韩愈《送李愿归盘谷序》中“大丈夫之不得意于时也”的意思作了一篇“大小姐之不得意于时也”的赋，自己写了，奉上，令人忍俊不禁。

又有一次，一位朋友画了一幅石竹，稍不留意，便被他抢了去，为我题上“渊渊其声，娟娟其影”，墨润笔酣，句子也庄雅可喜，裱起来很有精神。

其实，我一直没有告诉他，我喜欢他，远在米芾之上，米芾只是一个遥远的八百年前的名字，他才是一个人，一个真实的人。

杜公爱憎分明，看到不顺眼的人或事，他非爆出来不可。有一次他极讨厌的一个人调到别处去了，后来得意洋洋地穿了新机关的制服回来，他不露声色地说：

“这是制服吗？”

“是啊！”那人愈加得意。

“这是制帽？”

“是啊！”

“这是制鞋？”

“是啊！”

那个不学无术的家伙始终没有悟过来制鞋、制帽是指丧服的意思。

他另外讨厌的一个人一天也穿了一身新西装来炫耀。

“西装倒是好，可惜里面的不好！”

“哦，衬衫也是新买的呀！”

“我是指衬衫里面的。”

“汗衫？”

“比汗衫更里面的！”

很多人觉得他的嘴刻薄，不厚道，积不了福，我倒很喜欢他这一点，大概因为他做的事我也想做——却不好意思做。天下再没有比乡愿更讨厌的人，因此我连杜公的缺点都喜欢。

——而且，正因为他对人对物的挑剔，使人觉得受他赏识真是一件好得不得了的事。

其实，除了骂骂人，看穿了，他还是个“剪刀嘴豆腐心”。记得我们班上有个男孩，是橄榄球队队长，不知怎么阴错阳差地分到中文系来了。有一天，他把书包搁在山径旁的一块石头上，就去打球了，书包里的一本《中国文学发展史》滑出来，落在水沟里，泡得透湿。杜公捡起来，给他晾着，晾了好几天，这位仁兄才猛然想到书包和书，杜公把小心晾好的书还他，也没骂人，事后提起那位成天一身泥水一身汗的男孩，他总是笑滋滋的，很温暖地说：

“那孩子！”

杜公绝顶聪明，才思敏捷，涉猎甚广，而且几乎可以过目不忘，所以会意独深。他说自己少年时喜欢诗词，好发诗论。忽有一天读到王国维的《人间词话》，大吃一惊，原来他的论调竟跟王国维一样，他从此不写诗论了。

杜公的论文是《中国历代政治符号》，很为识者推重，指导教授是当时政治研究所主任浦薛凤先生，浦先生非常欣赏他的国学，把他推荐来教书，没想到一直开的竟是国文课。

学生国文程度不好——而且也不打算学好，他常常气得瞪眼。

有一次我在叹气：

“我将来教国文，第一，扮相就不好。”

“算了，”他安慰我，“我扮相比你还糟。”

真的，教国文似乎要有其扮相，长袍，白髯，咳嗽，摇头晃脑，诗云子曰，阴阳八卦，抬眼看天，无视于满教室的传纸条，瞌睡，K英文。不想这样教国文课的，简直就是一种怪物。

碰到某些老先生，他便故作神秘地说：

“我叫杜奎英，奎者，大卦也。”

他说得一本正经，别人走了，他便纵声大笑。

日子过得不快活，但无妨于他言谈中说笑话的密度，不过，笑话虽多，总不失其正正经经读书人的矩度。他创立了《思与言》杂志，在十五年前以私人力量办杂志，并且是纯学术性的杂志，真是要有“知其不可而为之”的勇气。杜公比大多数《思与言》的同仁都年长些，但是居然慨然答应做发行人，台大政治系的胡佛教授追忆这段往事，有很生动的记载：

> 那时的一些朋友皆值二十与三十之年，又受过一些高等教育，很想借新知的介绍，做一点知识报国的工作。所以在兴致来时，往往商量着创办杂志，但多数在兴致过后，又废然而止。不过有一次数位朋友偶然相聚，又旧话重提，决心一试。为了躲避台北夏季的热浪，大家另约到碧潭泛舟，再作续谈。奎英兄虽然受约，但他的年龄略长，我们原很怕他涉世较深，热情可能稍减。正好在买舟时，他尚未到，以为放弃。到了船放中流，大家皆谈起奎英兄老成持重，且没有公教人员的身份，最符合政府所规定的杂志发行人的资格，惜他不来。说到兴处，忽见昏黑中，一叶小舟破水追踪而来，并靠上我们的船舷。打桨的人奋身攀沿而上，细看之下竟是奎英兄。大家皆高声叫道：发行人出现了。奎英兄的豪情，的确不较任何人为减，他不但同意一肩挑起发行人的重责，且对刊物的编印早有全盘的构想。

其实，何止是发行人？他何尝不是社长、编辑、校对，乃至于写姓名发通知的人？（将来的历史要记载台湾的文人，他们共有的可爱之处便是人人都灰头土脸地编过杂志。）他本来就穷，至此更是只好“假私济公”，愈发穷了，连结婚都得举债。

杜公的恋爱事件和我关系密切，我一直是电灯泡，直到不再被需要为止。那实在也是一场痛苦缠绵的恋爱，因为女方全家几乎是抵死反对。

杜公谈起恋爱，差不多变了一个人，风趣、狡黠、热情洋溢。

有一次他要我带一张英文小纸条回去给那女孩，上面这样写：

请你来看一张全世界最美丽的图画，

会让你心跳加速

呼吸急促

…………

小宝（我们都这样叫她）和我想不通他哪里弄来一张这种图画，及至跑去一看，原来是他为小宝加洗的照片。

他又去买些粗铅丝，用锤子把它锤成烤燔，带我们去内双溪烤肉。

也不知他哪里学来那么多稀奇古怪的本领，问他，他也只神秘地学着孔子的口吻说：“吾多能鄙事。”

小宝来请教我的意见，这倒难了，两人都是我的朋友，我曾是忠心不二的电灯泡，但朋友既然问起意见，我也只好实说：

“要说朋友，他这人是最好的朋友。要说丈夫，他倒未必是好丈夫，他这种人一向厚人薄己，要做他太太不容易，何况你们年龄相悬十七岁，你又一直要留学，你全家又都如此反对……”

真的，要家长不反对也难。四十多岁了，一文不名，人又不漂亮，同事传话，也只说他脾气偏执，何况那时候女孩子身价极高。

从一切的理由看，跟杜公结婚是不合理性的——好在爱情不讲究理性，所以后来他们还是结婚了。奇怪的是小宝的母亲至终倒也投降了，并且还在小宝留学进修期间给他们带了两年孩子。

杜公不是那种怜香惜玉低声下气的男人，不过他做丈夫看来比想象中要好得多，他居然会烧菜，会拖地，会插个不知什么流的花，知道自己要有孩子，忍不住兴奋地叨念：“唉，姓杜真讨厌，真不好取名字，什么好名字一加上杜字就弄反了。”

那么粗犷的人一旦柔情起来，令人看着不免心酸。

他的女儿后来取名“杜可名”，出于《老子》，真是取得好。

他后来转职政大，我们就不常见面了，但小宝回台后，倒在我家吃了一顿饭，那天许多同学聚在一起，加上他家的孩子、我家的孩子——着实热闹一场。事后想来，凡事都是一时机缘，事境一过，一切的热闹繁华便终究成空了。

不久就听说他病了，一打听已经很不轻，肺中膈长癌，医生已放弃开刀，杜公是何等聪明的人，他立刻什么都明白了，倒是小宝，他一直不让她知道。

我和另外两个女同事去看他，他已黄瘦下来，还是热呼呼地弄两张椅子要给我们坐，三个人推来让去都不坐，他一径坚持要我们坐。

“唉呀，”我说，“你真是要二椅杀三女呀！”

他笑了起来——他知道我用的是“二桃杀三士”的典故，但能笑几次了呢？我也不过强颜欢笑罢了。

他仍在抽烟，我说别抽了吧！

“现在还戒什么？”他笑笑，“反正也来不及了。”

那时节是六月，病院外夏阳艳得不可逼视，暑假里我即将有旅美之行——我知道那是我最后一次看他了。

后来我寄了一张探病卡，勉作豪语：

“等你病好了，咱们再煮酒论战。”

写完，我伤心起来，我在撒谎，我知道旅美回来，迎我的将是一纸过期的讣闻。

旅美期间，有时竟会在异乡的枕榻上惊醒，我梦见他了，我感到不祥。

对于那些英年早逝弃我而去的朋友，我的情绪与其说是悲哀，不如说是愤怒！

正好像一群孩子，在广场上做游戏，大家才刚弄清楚游戏规则，才刚明白游戏的好玩之处，并且刚找好自己的那一伙，其中一人却不声不响地半局而退了，你一时怎能不愕然得手足无措，甚至觉得被什么人骗了一场似的愤怒。

满场的孩子仍在游戏，属于你的游伴却不见了！

九月返台，果真他已于八月十四日去世了，享年五十二岁，孤女九岁，他在病塌上自拟的挽联是这样的：

天道好还，国族必有前途，惟世难方殷，先死亦佳，勉无深恙大罪，可以笑谢兹世；人间多苦，事功早摒奢望，已庸碌一生，幸存何益，忍抛孤嫠弱息，未免愧对私心。

但写得尤好的则是代女儿挽父的白话联：

爸爸说要陪我直到结婚生了娃娃，而今怎教我立刻无处追寻，你怎舍得这个女儿；女儿只有把对你那份孝敬给妈妈，以后希望你梦中常来看顾，我好多喊几声爸爸。

读来五内翻涌，他真是有担当、有抱负、有才华的至情至性之人。也许因为没有参加他的葬礼，感觉上我几乎一直欺骗自己他还活着，尤其每有一篇自己比较满意的作品，我总想起他来，他那人读文章严苛万分，轻易不下一字褒语，能被他击节赞美一句，是令人快乐得要晕倒的事。

每有一句好笑话，也无端想起他来，原来这世上能跟你共同领略一个笑话的人竟如此难得。

每想一次，就怅然久之，有时我自己也惊讶，他活着的时候，我们一年也不见几面，何以他死了我会如此嗒然若失呢？我想起有一次看到一副对联，现在也记不真切，似乎是江兆申先生写的：

想见亦无事

不来常思君

真的，人和人之间有时候竟可以淡得十年不见，十年既见却又可以淡得相对无一语，即使相对应答又可以淡得没有一件可以称之为事情的事情，奇怪的是淡到如此无干无涉，却又可以是相知相重、生死不舍的朋友。

神圣的事业总是痛苦的，
但是，也唯有这种痛苦能把深度给予我们。

送你一个字

莹：

“行”是一个美丽的字，我想把它送给你，顺便也想戏称你一声“行者”。行者不免令人联想到孙悟空，不过，我要说的行者就只简单地指“行路之人”。

远在汉代，文字学家许慎在为文字分类的时候，就把汉字分成了五百四十个部首，其中有一个赫然便是“行”。换句话说，“行”是我们生活中的大项目，大到足以成为一个部首，就像水、火、土、鸟、田……都是大项目一般。那时代真好玩，仿佛在许慎的归纳下，老百姓全然在这五百四十个部首里活着，在这五百四十个项目下进行其生老病死。当然，至今我们要到字典里去“抓字”的时候，正规的抓法还是查部首。宇宙虽大，物象虽繁，却都乖乖各自待在它所从属的部首里，就算科学家新掏掘出了一些新玩意，一样可以收编为“铀”或“镭”或“氢”或“氧”……

但“行”不是被收编的，它是部首级的字，它有其完整自足的意义，它收编别人。

“行”是什么意思呢？

有趣的是，许慎虽比我们早生两千年，但他只懂小篆，旁及大篆，对那批早于汉代大约一千五百年的甲骨文他竟无缘得识。反而是我们二十世纪以后的后生小子，有幸隔着博物馆的玻璃，去亲眼见识到那些三千五百年前的骨片，更能在印刷精美的书页上把玩那遒劲的一笔一画。

“行”字在甲骨文时代是长成这个样子的：。

这又是什么意思呢？

啊！简单地说，它就是十字路口。更有意思的是，这四条通衢大道全都没有收口。明摆着“一径入天涯”的迢遥途程。这和数学上的象限不同。象限是四个区块，四个区块其实仍然只是四个辖地。但“行”却是四个方向，它可南可北可东可西，它是大地之上成带状的无限可能。它又酷似十字架，但十字架是有封口的，十字架是古往今来的纵线加上左舒右展的横线，然后在其上钉下一具牺牲者的肉体。而“行”是释放了的十字架，供凡人如你我可以得其救赎，因而可以大踏步地去冲州撞府，可以去披星戴月，可以在重关复陾，在山不穷水不尽的后土上放牧自我。

以上是“行”的第一定义。

而“行”还有第二定义，下定义的是许慎，在他的《说文解字》里，行字成了“彳”和“亍”的结合。彳和亍可以解释作左脚和右脚的交互前行，也可以解释作“行”加上“止”的旅人轨迹——我比较喜欢后面这个定义。

相较之下，甲骨文时代的行是名词，是无限江山。而小篆中的行是动词，是千里行脚。两者都跟你有关，因为你是那健康自信美丽高挑的女子，你是穿阡越陌，在里巷中又行又止的人。好的旅行家，如你，是亦行亦止的，因为只有“行”，才能去到远方，只有“止”，才能凝神倾听，才能涣然了解，才能勃然动容，然后，才有琐细入微的记忆和娓娓道来的缕述。

很高兴你今又有远行，很佩服你一再出发。于我，因为方历大劫，一时尚在休养生息，但是倒也无妨于出入唐、宋，游走晋、魏，在历史中徜徉。所以，朋友啊，容许我小里小气，把刚才分明已经赠送给你的“行”字，也拿回来回赠给自己吧！

看　松

楔　子

有一次到内湖一所专科学校去看一位校长，被警卫挡在门外，叫我在单子上填拜访的理由，我实在说不出可以归为两个字或四个字的理由。我无法告诉他，七岁，在南京读军人子弟小学的时候我深爱我们的校歌，我后来一直还满心冲动地唱它：

济济小国民
头角最峥嵘
志气最超群
我们都是中华民国未来的主人翁
我们的父兄
也曾驱日寇
保国土，建奇功

我们也应该
雄赳赳气如虹
才不愧将门后代、黄帝子孙
切莫把光阴错过
负了家庭期望
师友栽成

其中有两个词，当时因为小，胡乱唱过，二十多年过去，当时的赵校长已是这所专科的校长，我此刻来是想把那两个词问清楚……好在后来总算说清了，老校长和我彼此都很惊讶对方的记忆力……

那是一个日色曼迟的下午，我到洪老师的故宅去按铃，多年前师母先走了，老师后来也走了，石砌的旧宅陷在四面的蔓草里，来应门的是老五，他惊讶地望着我。

“这房子快拆了。”他说，“要改建。”

“我来看看老师的书房。”

“乱七八糟的……”

“我想找一首诗……”

“什么诗？”

什么诗？我一时舌结，我这人也是，常常做些无法说得清的事——就像上次去内湖找赵校长的那回事。

什么诗？真的，怎么解释那首诗呢？

那一年——是哪一年？一想起老师，连岁月都仿佛自动凝止了，老师是在岁月之外的，老师一向神色从容，像一首山歌，唱的人只知舒着心情唱，山歌是不必纳入节拍板眼的。

那一年，也许有十四年或者十五年之久，也是在这所石头房子里，老师站在一张大桌子前，砚台里正磨着浓艳亮眼而又芳香扑鼻的墨，老五正替他拉着纸，笔饱墨腾，老师写字的样子像打拳。

我时而惊讶地看着他写字，时而磨墨，时而闻闻院子里有一搭没一搭的花香，时而去翻翻他放在桌上的那本诗集，他替人写的字似乎都是从那本诗里挑出来的句子。

翻着翻着，我忽然被一首诗所引，诗写的是八月十四中秋前夕的月亮，我爱赏不已，就痴在那里。但当时太年轻，读书简直是陌上闲游，看花看人，只觉惊艳，从来不晓得应该进一步探索。

十四五年过去，我一直爱那首诗，却遗憾竟不知道作者是谁，甚至连每句确实的字眼也不敢把握。翻遍唐诗，又寻它不着，我只知道那诗是在焦黄的线装诗册里，诗册或者仍在老师的案头，长案在那石砌的老屋里……

而老师去世了，此刻门户深锁，老五带我到书房，幽幽日影，淡淡壁尘，我愣在那里……

“你自己找吧……”

书房里到处是书，是轴卷，是别人写的以及他自己写的字，有四十年前的书信，有待寄又不知为什么没寄的信，有照片，有诗稿，有病砚颓笔……房子阴凉黯淡，我的心忽然悲伤起来。

“这个给你。”老五蓦地从背后来，塞了一张黑白照片给我。

老五是老师最小的儿子，小时候在逃难的时候生过病，微跛，喜欢爬山，一直没结婚，老师晚年全是他在跟前照料。

照片是老师和师母合照的，也不知是哪一年春天，背景是一丛杜鹃，老师和师母都穿得厚重肥大，我想起那两件大衣了，好像都是铁灰色，又老又重的颜色，样子也不好看，那一代的人全是那样的，穿衣服专找耐脏的颜色，永远不去碰花俏的款式和色泽。

“做个留念。”老五说。我辞别了老五出来，悲伤地站在朱门前，曾经是师母一石一土看它搭盖起来的，曾经香过桂花、香过兰花的，现在都要拆了……

我想起老师来。

其实老师是我的系主任，但我不惯叫他“主任”。

他的名字是洪陆东，早年任“司法行政部副部长”，退休后在第一银行做长驻监察人，在东吴中文系，他教的是杜诗。他做官有魄力有清誉，我从别人处倒是常听说，但是以他的难得糊涂而论，我很怀疑也能管理银行；至于他杜诗教得如何，我也不得而知，他的浙东官话我做学生的时候根本听不懂，只记得他要我们用杜甫《北征》的韵作诗，我下了狠心真的作出来了，他看了，对我说：

“好是好，就是这里，这里，这里同这里没有搞通。”他说一叠“这里”的时候指着上臂、肘、下臂、腕、手指头，和手指头的关节。我不懂那是什么意思，大概是指有句无篇，关节脉络处理不好吧。

“你回去读王摩诘，去，去，去读王摩诘。”

我真的读了《王摩诘全集》。渐渐地，我懂他的话了，可惜杜诗也上完了，我还算高明的，因为有人始终没听懂过他一句话，同事杜公居然相处十年还是每次悄悄问我：

“他说什么？”

其实老师也曾痛下决心学正确国语，有一次他兴冲冲地告诉我们，他已经请他的小孙女教他注音符号了，过了两天他到系里来表演，念的不是ㄅ、ㄆ、ㄇ、ㄈ，而是巴、扒、马、发、达、他、哪、辣……

我们从他学会了杜诗吗？我们从他学会的不是杜诗，而是他那个人，他的宽厚，他的忠恳，他的适性自如……杜诗总有仇兆鳌的注可读。我庆幸的是我曾在生命的黄金岁月里有十几年之久跟他在一起……

跟他特别接近是在做助教之后。

有一段时间他住在学校里，我常有机会去吃顿便饭，师母总是喜欢说老师的故事，老师自己也说，说到意见不合处，两人也会大声吵起来。事后谁也不必向谁道歉，反正就是又好了。新式的夫妻手册上的那一套对他们简直一个字也不合用，他们意见根本从来就没有相合过，而且，可以在任何客人面前当众不合。师母的声音当然比老师还大，但我真的还没有看过那样生死与共、肝胆相照的夫妻，婚姻真能那么如铁如钢，手册是的确可以不要的。

我听过老师对师母最深情的话只有两次，都是淡得欲无的。

一次是师母正在饭桌上化妆，老师耐心地等她，忽然他转脸喃喃地对老五说：

“阿娘格（的）眉生得好。”

“什么？”老五大声地说。

“阿娘的眉是生得好，”他说，口气一点都不浪漫，却动人，“女人眉好子息好，你们都托福阿娘的眉。”

师母在一旁听着，始终连眼皮也不搭一下。

另一次是在师母乍然去世，师母一向性急，走也走得利落。

我们去看他，那时他已退休不做系主任了，看到我们，讷讷无言。

“那天你们要是有空，”他说的是出殡那天，“去陪陪她……”

他说“陪陪她”的时候无限温柔，仿佛师母仍是新嫁娘，仍痴小情怯，仍须娘家人伴陪着……

老师很小的时候死了母亲，后母对他不好。

“后母生了个小弟弟，粉团粉团的，真可爱啊，我欢喜他，是真欢喜他……”老师追述那样的故事，仍觉委屈，“有一天，我跟弟弟玩，玩嘎嘎叽，用手假装杀脖子，弟弟玩得直笑，我们正开心，后母跑出来，说：‘他有什么不好，你要杀死他。’我一听，心都凉了，我站起来，回头就走，那以后就离开家了。”

老师一直弄不清自己的生日。由于母亲死得早，长辈中各人意见不一，有人说是这一天，有人说是那一天，只好随便定了一天。似乎是七十三岁那年，系里有位喜欢算八字的教授坚持可以用他的生平去反推生日，老师也不热心，反正一辈子都过了，生日不生日老师倒也不挂心。老师几乎是什么都不挂心。

“我小时候喜欢打拳，打完拳就吞五个生鸡蛋，唬！一张脸红孜孜的，我没想到后来做了文人。”

老师身体一直好，年轻做官能有胆识有魄力，恐怕也跟体格有关。

老师和师母结了婚，家徒四壁。

“我叫他别的弗要管，”师母说，“我只要他读书写字，我磨墨，他就写字，写啊，写啊，他的字就是那时候写出来的。”

听起来简直像旧式小说。一个新嫁的女子不磨新镜，磨一方沉沉的砚。

“师母可惜不识字，”老师有时也惋叹，“她那人真聪明，你去叫她背唐诗给你听，她会背好多。”

我觉得惊奇，不识字怎么又会背唐诗呢？词话上说秦少游的“斜阳外，寒鸦数点，流水绕孤村”的句子是“虽不识字人，亦知是天生好言语”，大概好诗真是可以不借文字而直逼心性的。

有一天，我真的去找她，她把一本《唐诗三百首》翻了翻，很兴奋地说要背《蜀道难》。

噫吁嚱——危乎——高哉——

蜀道之难难于上青天
蚕丛及鱼凫
开国何茫然
尔来四万八千岁
不与秦塞通人烟

几乎是一开腔，我就给震慑了，诗原来可以好成这样子的，诗原来是可以让不识字的人也可以记诵一辈子的，诗原来可以让一个女子在婚姻之余，在七个孩子之余，在六十年的柴米油盐酱醋茶之余仍能在一刹那间腾地而起，如登绝壁，如临鸟道。师母背诗的时候整个变了一个人，既仿佛赵燕豪侠慷慨悲歌，断弦裂帛，又仿佛胸臆间有万种柔情千种凄凉。

那件事，我一直不能解释。

事实上我所认识的师母完全是一个现实世界的女人，能吃苦，也懂得处富贵，并且精力无穷。老师做官能讲原则有操守，背后是有其可依恃的力量的——当然，做清官的妻子是怎样一回事，恐怕也不是常人所能知道的。

“你不要吃馆子，要自己煮饭。”我刚结婚，师母就热心地跑来告诫我，“你记得，吃不穷，穿不穷，不会算计一世穷。”

“洗衣服的肥皂买来以后要先放在风里吹得干干的。”她继续拿一块南侨水晶肥皂示范，“用的时候就不会软软的一不小心就塌（塌指涂）多了。”

“洗大被单用一块碱煮，小被单用半块，晒出来，清清爽爽！”

她教我的方法我一概没有试过，但她说的每一个字我都记得死牢，一想起来就眼热心酸得想哭。许多人骂政府、骂贪官污吏，他们可曾看过“司法行政部副部长”的妻子怎样节省地用一块风干的肥皂洗一家七口的衣服。

“那时候穷，”她絮絮地说，“我就自己种豆子，豆子好长，我收了豆子磨豆浆，做豆腐，晒豆腐乳，一家人小菜都有了。”

“我们小孩个个好，”她自豪地说，“管小孩其实容易，一个零用钱都不要给，家里多做点好吃的东西，我告诉你，一放学，他们拼命往家里跑。你想，身上没钱——家里有吃——他们不回家还跑哪里？孩子跑回家了怎么会变坏？”

师母的教养理论我从来没有在别的书上看过，但我完全相信它的效用。

“不要应酬，老师无论往哪里去，我就是不去，我小孩小，我就是不去，我要熬到小孩大了我才出去。”

师母真是个不可思议的女人。什么事都磨不倒她——可是一提起她的大女儿，她还会哭起来，三十年了，有些生命中的灾劫永远无法成为陈迹。

“她人聪明，功课好，一心要强。

“有一天，学校运动会，她参加赛跑，她拼命跑，一口气跑到底，她吐了血——她原来有肺病了！

“那时候，她班上另外一个女孩子也生了肺病，那女孩的爸爸跟老师也是同事，结果人家有钱，我们没钱，人家把女儿送到歌乐山养病，我们不行——后来人家的女儿病好了，我们女儿死了，一样做官，人家有钱养病……”

她转头去看老师，老师别过头去。

“唉，她就是太聪明了……”隔了半天，老师没头没脑地叹了一口气。

有时候，清廉的代价是可怕的，恐怕唯有英雄才付得起。读圣贤书，是要拿自己的行为做注脚的。

做中文系的行政主管不是一件轻松的工作，中文系的人事变动少，一堆人永远聚在那里，而且又文人相轻，摩擦难免，老师倒是得糊涂之福，垂拱而治。他年轻时如何我不得而知，据说演讲也颇动众；但晚年我看到的他，却是尽量用最简单的句子说话，说完了也不加解释，听的人有时不免愣半天，然后才忽然会过意来。

“从前我有个部下，家里养了只小狗，肥胖可爱，我千不该万不该夸了他的狗一句，没想到第二天他就把狗带来了——是煮好的狗肉！

“我心里难过得要死，怎么会有这种人？我以后就知道了，君子不但不可以把所好示人，连容易引起误会的话也要少讲。”

他真的不多说话——除了跟小孩子在一起的时候。

有一次，有人告诉他某位老教授好骂人，有时候整堂课都因为骂人骂掉了，他颇不以为意。

“天下事，不胜其骂，姑不骂也。”

这句话我以为还有下文，却竟没有了。后来有一次他又补充道：

“我年轻的时候也喜欢骂人，后来想想也没意思，就算把人家骂垮了，自己做了主了，又能做得比人家好到哪里去？”

又有一次，有一位老教授和一位年轻的讲师冲突，我以为他一定帮年老的，不料他倒是保护年轻人，他很不高兴地对那位拗执的老教授说：

“骂人家不通！你自己就通吗？天下人有几个通的？”不知为什么，我觉得他即使扬声骂人的时候，也存三分恕道。

有一次，是中秋节的第二天，他施施然地走进办公室，一径微笑着。

“台湾会很有希望的。”我不知道他为什么忽然说了这么一句话。

“我昨天半夜看月亮，一片云都没有，月亮真清，简直娇滴滴的。”

他也没有解释为什么一枚清艳的月亮就能让他知道台湾会有前途，但我听着却深深动容。天道好还不言自明，天地既有力量，丝毫不爽地按时推出光风推出霁月来，则公理正道，自在人间，朗朗乾坤，岂容宵小。

又有一次，是个晴和的下午，他进门的表情特别愉快。

“我忽然把做人的道理都想通了。”

大家都大吃一惊。

“不过是‘内圣外王’就是了！”

内备圣人之德，外具王者之风，那句话出于《庄子》，我本来也并不特别崇拜那两句话，但想起那个山风穿户的下午，想起老师心领神会不胜欣悦的表情，那句话也变得有分量而可信赖起来。

老师似乎是毫无权力欲的人，一旦去官，他毫不恋栈，他对教师生涯倒很喜欢。

“叫化三年，皇帝都不想当。”有一次他对我说。

我没有十分留意。

“你看，你知道叫化子是怎样的吗？”

他说着，竟学起来了，我着起急来，赶快跑去关门，万一给人看到我们中文系系主任在表演叫化子怎么好意思。

“你看，他走到这里要一碗饭，”他真的伸出手来，“人家不给，好，他就走开，他走走，晃晃，自己唱个歌，累了，倒在门口就睡了。”

谢谢上帝，他总算没有表演倒在庙门口睡觉，但已够令人惊奇了。那以后我好像忽然了解老师的另外一面了，原来，他也可能有一种流浪人的血，原来他不是白发苍苍的老人，原来他不是宦海三十多年的官员，原来除了家除了学校除了官职之外，他还有一个“我”，一个偷偷羡慕着落魄天涯的乞丐的“我”。

老师好吃，但并不奢侈，一碟凉拌豆腐，一道香椿芽炒蛋，冬笋雪菜，泡菜炒肉末，小小的酥鱼，入口即化的狮子头……和老师吃饭是一种特殊的经历，他的动作从容徐缓，态度严肃——不是悲苦的严肃，是怡然的严肃，仿佛对万物都有敬意，有谢意。仿佛一饭之恩，都应该为之礼天。

记得有一天他带我去徐家吃饭，闻说徐先生以前做情报工作，但我到他家中却只见一排花架，九重葛闲闲地开落，客厅似乎也就是书房（大概是山中客少至，所以他不免为书设些座位），徐先生在看一本发黄的线装书。

似乎在他们那辈朋友中，打电话订约会是不必要的，跑到别人家吃饭也是理直气壮的，甚至带着学生去吃都毫无愧色。他又指名要吃芙蓉豆腐，徐太太不知如何烧，他就要她备好肉片和嫩豆腐，又叫我到院子里去采又红又艳的芙蓉。那天风大，我颈上原系着个纱兜，当时就解下来权充花囊。暮春的花园，芙蓉照得草木含鲜，一会儿就采满了一兜，芙蓉花瓣经开水一烫，氽入肉片豆腐，我一直觉得那是一道美丽的菜。美的是那个中午，是山舍的朴拙，是那一代无矫无饰的友谊，是一个女孩子春衫乍换采花枝头时的好情怀，是一捧春红所烩成的一道菜。

老师喜欢写字，他要我们学王羲之，但我觉得他自己的字分明不像王羲之，他的字笨大重拙，笔酣意足，像他的人。老师又珍藏着一种大纸，一张宣纸竟有一人宽，两人高，真是惊人的大，他七十岁双寿那年曾取出两张交人去画两幅画，有一位教授一看，急得跌足而叹："糟蹋了，糟蹋了，要是不画，那纸是稀世珍宝，画了，就只不过是张普通的画就是了。"

老师似乎专爱那些又大又沉的东西，像大纸、大字、八大山人画的丑石。

我升任讲师后不久，老师也就退休不做系主任了。老师在位的时候，不知出于一种什么心理，他每过生日我只肯去吃一碗面，却不肯送一点礼，我是晚辈，年龄和老师的外孙一样大，赖皮吃一碗面我自认是说得过去的。但如果我送礼，我就觉得有阿谀上司的嫌疑。反至老师退休，我倒是年年生日必去送一份礼。

老师八十岁诞辰，大伙儿凑了两桌席，老师当时已鳏居，老态龙钟，大家敬酒，他几乎要花十秒钟才站得起来。我忽然想起老师七十岁生日那年，大厅里贺客如云，我还记得当时于右老已精神不济，上下汽车几乎都是靠人

“拖”出来“塞”进去的，但他还是来了，他们那一辈的情谊是我们这一辈想不透的。

老师的朋友一一去了，连师母也去了，早夭的女儿去得更早，老师此刻的心情又是如何的呢？想起李贺的句子：“飞光飞光，劝尔一杯酒，吾不识青天高，黄地厚，惟见月寒日暖，来煎人寿。”生命竟是这样的吗？我望着老师，竟觉有几分陌生。

两年以后，老师去世了。

现在想起老师印象最深的事有两件。

一件是老师偶尔谈起，说：“老五身体不好，我将来什么都留给他，等回大陆，家里有好些橘子田，我们黄岩橘子好有几百种，有那些橘子，也够老五花用了。”

老师其实有时气起来也乱骂老五，老五脾气来了也往往不甩他。但老五是真的孝，老师是真的慈，对一个晚年丧妻而儿女又都在海外飞黄腾达的老人而言，有个跛脚憨厚的儿子，未始不是上天的恩惠。

老师那段十分正式的后事交代，我一想起来仍觉眼热，那里面有些极凄凉极温柔的什么。

另一件事是有一次我陪老师爬坡回教授宿舍，似乎是替他送一叠书上去。坡很陡，对拿着书的我和没有拿书的他而言都很吃力，经过男生宿舍，我们站在路边休息。

矮矮的一人高的松树种在山坡上，我们一起望着那排润绿润绿的马尾松。那些松树本来有上万棵，全是老师去要来的，把学校大大小小的地方全种遍了。

“我来不及看它长大了。”老师说。

我不知如何回答。

“可是，它会长大的，”他的语气又开始快乐起来，“下辈子我来看它的时候，唬！它长得比我还高，再下辈子，我再来看它的时候，比楼都高了，再下辈子……”

我简直快要笑出来，他说得那么愉快，仿佛就像小孩玩游戏似的，一下子就又轮到自己玩这一“盘”了。

年年春天，到学校去上课的时候，我总怔怔地望着坡上的短松，老师去了，松却是愈长愈高。我不信轮回，但我相信自己的双瞳中有一部分什么来自老师——老师仍在注视那片绿松，透过一个学生感恩的目光——也许，等某一年春天，我的眼睛不再有权利去仰瞻那片小坡上长燃青色的火焰。

但坡上总有新来的年轻孩子，总有年轻的孩子在春天早晨驻足，驻足怔怔地看那一片青松。

后 记

一、在老师的书房里没有找到的诗，今年寒假偶然间遇见了，原来是宋人孙复的诗，题目是《八月十四夜月》：

银汉无声露欲垂，玉蟾初上欲圆时。清尊素瑟宜先赏，明日阴晴未可知。

二、这篇文章原来只是纪念我的老师和系主任洪陆东先生，但甫一落笔我就发现，我必须也写师母以及那一代的人，我缅怀的不仅是逝者，而且是属于逝者那一代的风范。

同巷人

巷子口住个老人，也许不怎么老，弄不清楚。二十多年前我初来的时候他就是那张脸，现在好像也没有添风加霜。但二十多年前我为什么就认定他老呢？大概因为他长着两道又长又白的眉毛吧。也许也不是，也许是因为那时候我才二十几岁，只要看到四十岁的人，全都“一视同仁”，归为老类。

我跟他从来也没打过招呼，倒是起过一场小冲突。那天我停车，停在他家墙外，他出来干涉。下面便是我们的对话实录：

“你不可以停这里。”

“为什么？”

“因为我们家有车要来。”

“你认为这个位子是你家的吗？”

“不是。”

“不是你的，为什么不准我停呢？”

“你停这里，那我家的车要停哪里？”

“可是，这是你家的停车位吗？”

“不是。”

“不是你的，为什么我不可以停？”

“你停这里，那我家的车要停哪里？”

这番对话反反复复说了大约七八次，我简直恐慌起来，唐代诗人形容爱情，曾写下这样缠绵悱恻的句子：

“天长地久有时尽，此恨绵绵无绝期。”

其实，那是胡说，天地都没有了，人也化烟化尘了，“恨”，哪里还能找得到它依附着身的所在呢？

其实说起来，数学才比较可怕，因为数学是“真理中的真理”。就算太阳熄了，月亮老了，银河干了，一加一等于二的道理是不能改的。而且，二十二除以七也是永远除不完的，循环小数的可怕可畏便在这里。真的，“天长地久有时尽，此‘数’绵绵无绝期”。我跟那老人的对话，其可怕之处便在于是个生生不息的循环小数，可以永世永劫、地老天荒地演绎下去。

其实，我当时完全知道该怎么做，我应该悍然把车停妥，然后砰一声关上门，斩钉截铁地对他说：

“你家的车要停到哪里？我管你去死！你大爷自家有停车位，你就去神气！你没停车位，你就大街小巷慢慢找去吧，关我何事？这位子先到先停，我停定了！”

无奈我可恨的教养又使我嗫嗫嚅嚅不能出口骂一个老人，想好好沟通又立刻陷入对方可怕的逻辑里。算了，我认栽，我走，我不是怕他，我怕循环小数，我怕地老天荒。

这事就这样过去了，岁月悠悠，一年后，我看到他家门口贴出“严制”的白纸条。谁死了？大概就是他吧。而人死了，门口不免搭起棚子，吹吹打打，于是巷头巷尾又被丧家拦起，车子又不能停了。

我终于明白，都市邻居，二三十年混下来，其实也只讲得上一两次话罢了。而这所谓的一两次，居然还包括争吵。

好在一年前的那一次，我没有跟他扯破脸，人生苦短，宇宙浩渺，“让他一（车）位又何妨”。也许那天他远方的儿子或女儿来看他，他才紧张兮兮地预留车位吧。

绕过丧棚，我把车子停到隔壁巷子去。法事正锣鼓喧天，师公踢翻小火炉，只见满地红炭乱滚，在夜色中闪着诡异的微光。炉上炖着的药罐子也当啷一声，砸得粉碎。据说，如此便意味着和药罐终于告别了，从此得大自在之躯。

天色愈来愈黑，冥纸轰然的焰光中，不知怎的，那张写着“严制”两字的白纸，竟微微泛起柔和的浅红色来，仿佛在办一场喜丧。

只是，去爱什么呢？
为一个不存在的谎言？
抑或为一则确凿的信仰？

我们注定要为一个什么而燃烧，
我们要狠狠地爱一场，

尘　缘

大约两岁吧，那时的我。父亲中午回家吃饭，匆匆又要赶回办公室去。我不依，抓住他宽边的军腰带不让他系上，说：“你戴上这个就是要走了，我不要！”我抱住他的腿不让他走。

那时代的军人军纪如山，父亲觉得迟到之罪近乎通敌。他一把抢回了腰带，还打了我——这事我当然不记得了，是父亲自己事后多次提起，我才印象深刻。父亲每提此事，总露出一副深悔的样子，我有时想，挨那一顿打也真划得来啊，父亲因而将此事记了一辈子，悔了一辈子。

“后来，我就舍不得打你。就那一次。”他说。

那时，两岁的我不想和父亲分别。半个世纪之后，我依然抵赖，依然想抓住什么留住父亲，依然对上帝说：

“把爸爸留给我吧！留给我吧！”

然而上帝没有允许我的强留。

当年小小的我不知道自己为什么留不住爸爸，半世纪后，我仍然不明白父亲为什么非走不可？当年的我知道他系上腰带就会走，现在的我知道他不思饮食，记忆涣散便也是要走。然而，我却一无长策，眼睁睁看着老迈的他杳杳而逝。

记忆中小时候，父亲总是带我去田间散步，教我阅读名叫“自然”的这部书。他指给我看螳螂的卵，他带回被寄生蜂下过蛋的虫蛹。后来有一次我和五阿姨去散步，三岁的我偏头问阿姨道：

“你看，菜叶子上都是洞，是怎么来的？”

“虫吃的。”阿姨当时是大学生。

“那，虫在哪里？”

阿姨答不上来，我拍手大乐。

“哼，虫变蛾子飞跑了，你都不知道，虫变蛾子飞跑了！你都不知道！”

我对生物的最初惊艳，来自父亲，我为此终生感激。

然而父亲自己蜕化而去的时候，我却痛哭不已，他化蝶远扬，我却总不能相信这种事竟然发生了，那么英挺而强壮的父亲，谁把他偷走了？

父亲九十一岁那年，我带他回故乡。距离他上一次回乡，前后是五十九年。

“你不是‘带’爸爸回去，是‘陪’爸爸回去。”我的朋友纠正我。

“可是，我的情况是真的需要‘带’他回去。”

我们一行四人，爸爸、妈妈、我和护士。我们用轮椅把他推上飞机，推入旅馆，推进火车。火车一离南京城，就到了滁县。我起先吓了一跳，“滁州”这种地方好像应该好好待在欧阳修的《醉翁亭记》里，怎么真的有个滁州在这里。我一路问父亲，现在是什么站了，他一一说给我听，我问他下一站的站名，他也能回答上来。奇怪，平日颠三倒四的父亲，连吃过了午饭都会旋即忘了又要求母亲开饭，怎么一到了滁州城附近就如此凡事历历分明起来？

“姑娘（即姑母）在哪里？”

“渚兰。”

“外婆呢？”

“住宝光寺。”

其他亲戚的居处他说来也都了如指掌，这是他魂里梦里的所在吧？

“大哥，你知道这是什么田？”三叔问他。

“知道，”爸爸说，“白芋田。”

白芋就是白番薯的意思，红番薯则叫红芋。

不知为什么，近年来他像小学生，总乖乖回答每一道问题。

“翻白芋秧子你会吗？”三叔又问。

“会。”

白芋秧子就是番薯叶，这种叶子生命力极旺盛，如果不随时翻它，它就会不断抽长又不断扎根，最后白芋就长不好了。所以要不断叉起它来，翻个面，害它不能多布根，好专心长番薯。

年轻时的父亲在徐州城里念师范，每次放假回家，便帮忙农事。我想父亲当年年轻，打着赤膊，在田里执叉翻叶，那个男孩至今记得白芋叶该怎么翻。想到这里，我心下有一份踏实，觉得在茫茫大地上，也有某一块田是父亲亲手料理过的，我因而觉得一份甜蜜安详。父亲回乡，许多杂务都是一位安营表哥打点的，包括租车和食宿的安排。安营表哥的名字很特别，据说那年有军队过境，在村边安营，表哥就叫了安营。

“这位是谁你认识吗？”我们问父亲。

“不认识。”

“他就是安营呀！”

“安营？”父亲茫然，“安营怎么这么大了？”

这组简单的对话，一天要说上好几次，然而父亲总是不能承认面前此人就是安营。上一次，父亲回家见他，他年方一岁，而今他已是儿孙满堂的六十岁老人。去家离乡五十九年，父亲的迷糊我不忍心用老年痴呆解释。两天前我在飞机上见父亲读英文报，便指些单字问他：

“这是什么字？”

“西藏。”

“这个呢？”

“以色列。”

我惊讶他一一回答，奇怪啊，父亲到底记得什么又到底不记得什么呢？

我们到田塍边谒过祖父母的坟，爸爸忽然说：

“我们就回家去吧！”

“家？家在哪里？”我故意问他。

“家，家在屏东呀！”

我一惊，这一生不忘老家的人其实是以屏东为家的。屏东，那永恒的阳光的城垣。

家族中走出一位老妇人，是父亲的二堂婶，是一切家人中最老的，九十三了，腰杆笔直，小脚走得踏实迅快，他把父亲看了一眼，用乡下人简单而大声的语言宣布：

“他迂了！”

迂，就是乡人说“老年痴呆”的意思，我的眼泪立刻涌出来，我一直刻意闪避的字眼，这老妇人竟直截了当地道了出来。如此清晰如此残忍。

我开始明白“父母在”和“父母健在”是不同的，但我仍依恋仍不舍。

父亲在南京旅馆时有老友陈颐鼎将军来访。陈伯伯和父亲是乡故，交情素厚，但我告诉他陈伯伯在楼下，正要上来，他却勃然色变，说：

“干吗要见他？”

这陈伯伯曾到过台湾，训练过一批新兵，那时是一九四六年。这批新兵训练得还不太好就上战场了，结果吃了败仗，以后便成了台籍滞留大陆的老兵，陈伯伯也就因而成了共产党人。

“我一辈子都不见。”他说，一脸执倔。

他不明白说这种话不合时宜了。

陈伯伯进来，我很紧张，陈伯伯一时激动万分，紧握爸爸的手热泪直流。爸爸却淡淡的，总算没赶人家出去，我们也就由他。

“陈伯伯和我爸爸当年的事，可以说一件给我听听吗？”事后我问陈妈妈。

“有一次，打仗，晚上也打，不能睡，又下雨，他们两个人困极了，就穿着雨衣，背靠着背地站着打盹。”

我又去问陈伯伯：

“我爸爸，你对他印象最深的是什么？”

“他上进，他起先当‘学兵’，看人家黄埔出身，他就也去考黄埔。等黄埔出来，他想想，觉得学历还不够好，又去读陆军大学，然后，又去美国……”

陈伯伯位阶一直比父亲稍高，但我看到的他只是个慈祥的老人，喃喃地说些六十年前的事情。

爸爸急着回屏东，我们就尽快回来了。回来后的父亲安详贞定，我那时忽然明白了，台湾，才是他愿意埋骨的所在。

一九四九年，爸爸本来是最后一批离开重庆的人。

“我会守到最后五分钟。”

他对母亲说，那时我们在广州，正要上船。他们两人把一对日本鲨鱼皮军刀各拿了一把，那算是家中比较值钱的东西，是受降时分得的战利品。

“但愿人长久，千里共婵娟。”

战争中每次分手，爸爸都写这句话给妈妈。那时代的人令人不解，仿佛活在电影情节里，每天都是生离死别。

后来父亲遇见了一个旧日部属，那部属在战争结束后改行卖纸烟，他给了父亲几条烟，又给了他一张假身份证，把张家闲的名字改成章佳贤，且缝了一只土灰布的大口袋作烟袋，父亲就从少将军官变成烟贩子。背上了袋子，他便直奔山区而去，参加游击队。以后取道法属越南的老挝转香港飞台湾，这一周折，使他多花了一年零二十天才和家人重逢。

那一年里我们不幸也失去外婆，母亲总是胃痛，痛的时候便叫我把头枕在她胃上，说是压一压就好了。那时我小，成天到小池塘边抓小鱼来玩，忧患对我是个似懂非懂的怪兽，它敲门的时候，不归我应门。他们把外婆火化了，打算不久以后带回老家去，过了二十年，死了心，才把她葬在三张犁。

爸爸从来没跟我们提他被俘和逃亡的艰辛，许多年以后，母亲才陆续透露几句。但那些恐惧在他晚年时却一度再现。有天妈妈外出回来，他说：

“刚才你不在，有人来跟我收钱。”

“收什么钱？”

“他说我是甲级战俘，要收一百块钱，乙级的收五十块。”

妈妈知道他把现实和梦境搞混了，便说：

“你给了他没有？”

“没有，我告诉他我身上没钱，我太太出去了，等下我太太回来你跟她收好了。”

那是他的梦魇，四十多年不能抹去的梦魇，奇怪的是梦魇化解的方法倒也十分简单，只要说一句“你去找我太太收”就可以了。

幼小的时候，父亲不断告别我们，及至我十七岁读大学，便是我告别他了。我现在才知道，虽然我们共度了半个世纪，我们仍算父女缘薄！这些年，我每次回屏东看他，他总说：

“你是有演讲，顺便回来的吗？”

我总嗯哼一声带过去。我心里想说的是：爸爸啊，我不是因为要演讲才顺便来看你的，我是因为要看你才顺便答应演讲的啊！然而我不能说，他只容我“顺便”看他，他不要我为他担心。

有一年中秋节，母亲去马来探妹妹，父亲一人在家。我不放心，特别南下去陪他，他站在玄关处骂起我来：

“跟你说不用回来、不用回来，你怎么又跑回来了？你回来，回去的车票买不到怎么办？叫你别回来，不听。”

我有点不知所措，中秋节，我丢下丈夫孩子来陪他，他反而骂我。但愣住几秒钟后，我忽然明白了，这个钢铮的北方汉子，他受不了柔情，他不能忍受让自己接受爱宠，他只好骂我。于是我笑笑，不理他，且去动手做菜。

父亲对母亲也少见浪漫镜头，但有一次，他把我叫到一边，说：“你们姐妹也太不懂事了！你妈快七十的人了，她每次去台北你们就这个要五包凉面，那个要一只盐水鸭，她哪里提得动？”

母亲比父亲小十一岁，我们一直都觉得她是年轻的那一个，我们忘记她也在老。又由于想念屏东眷村老家，每次就想买点美食来解乡愁，只有父亲看到母亲已不堪提携重物。

由于父亲是军人，而我们子女都不是，没有人知道他在他那行算怎样一个人物。连他得过的二枚云麾勋章，我们也弄不清楚相等于多大的战绩。但我读大学时有次站在公交车上，听几个坐在我前面的军人谈论陆军步兵学校的人事，不觉留意。父亲曾任步校的教育长、副校长，有一阵子也代理校长。我听他们说着说着就提到父亲，我心跳起来，不知他们会说出什么话来，只听一个说：

“他这人是个好人。”

又一个说：

“学问也好。”

我心中一时激动不已，能在他人口碑中认识自己父亲的好，真是幸运。

又有一次，我和丈夫孩子到鹭鸶潭去玩，晚上便宿在山间。山中有几椽茅屋，是些老兵盖来做生意的，我把身份证拿去登记，老兵便叫了起来：

“呵，你是张家闲的女儿，副校长是我们老长官了，副校长道德学问都好的，这房钱，不能收了。”

我当然也不想占几个老兵的便宜，几经推扯，打了折扣收钱。其实他们不知道，我真正受惠的不是那一点折扣，而是从别人眼中看到的父亲正直崇高的形象。

八十九岁，父亲去开白内障，打了麻药还没有推入手术室，我找些话跟他说，免得他太快睡着。

“爸爸，杜甫，你知道吗？”

“知道。”

“杜甫的诗你知道吗？”

“杜甫的诗那么多，你说哪一首啊？”

“我说《兵车行》‘车辚辚’那下面是什么？”

“马萧萧。”

“再下面呢？”

“行人弓箭各在腰，爷娘妻子走相送，尘埃不见咸阳桥，牵衣顿足拦道哭，哭声直上干云霄……”

我的泪直滚滚地落下来，不知为什么，透过一千二百年前的语言，我们反而狭路相遇。

人间的悲伤，无非是生离和死别，战争是生离和死别的原因，但，衰老也是啊！父亲垂老，两目视茫茫，然而，他仍记得那首哀伤的唐诗。父亲一生参与了不少战争，而衰老的战争却是最最艰辛难支的战争吧？

我开始和父亲平起平坐的谈起诗来，是在初中阶段。父亲一时显然惊喜万分，对于女儿大到可以跟他谈诗的事几乎不能置信。在那段清贫的日子里谈诗是有实质的好处的，母亲每在此时烙一张面糊饼，切一碟卤豆干，有时甚至还有一瓶黑松汽水。我一面吃喝，一面纵论，也只有父亲容得下我当时的胡言吧？

父亲对诗，也不算有什么深入研究，他只是熟读《唐诗三百首》而已。我小时常见他用的那本，扉页已经泛黄，上面还有他手批的文字。成年后，我忍不住偷来藏着，那是他一九四一年六月在浙江金华买的，封面用牛皮纸包好。有一天，我忽然想换掉那老旧的包书纸，不料打开一看，才发现原来这张牛皮纸是一个公文袋，那公文袋是从国防部寄的，寄给联勤总部副官处处长，那是父亲在南京时的官职，算来是一九四六、一九四七年的事了。前人惜物的真情比如今任何环保宣言都更实在。父亲走后，我在那层牛皮纸外再包它一层白纸，我只能在千古诗情里去寻觅我遍寻不获的父亲。

父亲去时是清晨五时半，终于，所有的管子都拔掉了，九十四岁，父亲的脸重归安谧祥和。我把加护病房的窗帘打开，初日正从灰红的朝霞中腾起，穆穆皇皇，无限庄严。

我有一袋贝壳，是以前旅游时陆续捡的。有一天，整理东西，忽然想到它们原是属于海洋的。它们已经暂时陪我一段时光了，一切尘缘总有个了结，于是决定把它们一一放回大海。

而我的父亲呢？父亲也被归回到什么地方去了吗？那曾经剑眉星目的英飒男子，如今安在？我所挽留不住的，只能任由永恒取回。而我，我是那因为一度拥有贝壳而聆听了整个海潮音的小孩。

人生一世，亦如一匹辛苦织成的布，
一刀下去，一切就都裁就了。

第二部分

我听到你唱了

初　心

“初，裁衣之始也。”文字学的书上如此解释。

人生一世，亦如一匹辛苦织成的布，一刀下去，一切就都裁就了。

初哉首基肇祖元胎……

因为书是新的，我翻开来的时候也就特别慎重。书本上的第一页第一行是这样的：“初、哉、首、基、肇、祖、元、胎……始也。”

那一年，我十七岁，望着《尔雅》这部书的第一句话而愕然，这书真奇怪啊！把“初”和一堆“初的同义词”并列卷首，仿佛立意要用这一长串“起始”之类的字来作整本书的起始。

也是整个中国文化的起始和基调吧？我有点敬畏起来了。

想起另一部书，《圣经》，也是这样开头的：

“起初，上帝创造天地。”

真是简明又壮阔的大笔，无一语修饰形容，却是元气淋漓，如洪钟之声，震耳贯心，令人读着读着竟有坐不住的感觉，所谓壮志陡生，有天下之志，就是这种心情吧！寥寥数字，天工已竟，令人想见日之初升，海之初浪，高山始突，峡谷乍降及大地寂然等待小草涌腾出土的刹那！

而那一年，我十七，刚入中文系，刚买了这本古代第一部字典《尔雅》，立刻就被第一页第一行迷住了，我有点喜欢起文字学来了，真好，中国人最初的一本字典（想来也是世人的第一本字典），它的第一个字就是“初”。

“初，裁衣之始也。”文字学的书上如此解释。

我又大为惊动，我当时已略有训练，知道每一个中国文字背后都有一幅图画，但这“初”字背后不止一幅画，而是长长的一幅卷轴。想来当年造字之人初造“初”字的时候，也是煞费苦心之余的神来之笔。“初”这件事无形可绘，无状可求，如何才能追踪描摹？

他想起了某个女子动作，也许是母亲，也许是妻子，那样慎重地先从纺织机上把布取下来，整整齐齐的一匹布，她手握剪刀，当窗而正，她屏息凝神，考虑从哪里下刀，阳光把她微微毛乱的鬓发渲染成一轮光圈。她用神秘而多变的眼光打量着那整匹布，仿佛在主持一项典礼，其实她努力要决定的只不过是究竟该先做一件孩子的小衫好呢，还是先裁自己的一幅裙子？一匹布，一如渐渐沉黑的黄昏，有一整夜的美可以预期——当然，也有可能是噩梦，但因为有可能成为噩梦，美梦就更值得去渴望——而在她思来想去的当际，窗外陆陆续续流溢而过的是初春的阳光，是一批一批的风，是雏鸟拿捏不稳的初鸣，是天空上一匹复一匹不知从哪一架纺织机里卷出的浮云……

那女子终于下定决心，一刀剪下去，脸上有一种近乎悲壮的决然。

“初”字，就是这样来的。

人生一世，亦如一匹辛苦织成的布，一刀下去，一切就都裁就了。

整个宇宙的成灭，也可视为一次女子的裁衣啊！我爱上“初”这个字，并且提醒自己每个清晨都该恢复为一个“初人”，每一刻，都要维护住那一片初心。

初发芙蓉

《颜延之传》里这样说：

“颜延之问鲍照，己与谢灵运优劣，照曰：‘谢五亩诗如初发芙蓉，自然可爱，君诗如铺锦列绣，雕缋满眼。’”

六朝人说的芙蓉便是荷花，鲍照用“初发芙蓉”比谢灵运，实在令人羡慕，其实“像荷花”不足为奇，能像“初发水芙蓉”才令人神思飞驰。灵运一生独此四字，也就够了。

后来的文学批评也爱沿用这字归，周济（介存斋）《论词杂著》论晚唐韦庄的词便说：“端己词清艳绝伦，初日芙蓉春日柳，使人想见风度。”

中国人没有什么“诗之批评”或“词之批评”，只有“诗话”“词话”，而词话好到如此，其本身已凝聚饱实，全华丽如一则小令。

清露晨流新桐初引

《世说新语》里有一则故事，说到王恭和王忱原是好友，以后却因政治上的芥蒂而分手。只是每次遇见良辰美景，王恭总会想到王忱。面对山石流泉，王忱便恢复为王忱，是一个精彩的人，是一个可以共享无限清机的老友。

有一次，春日绝早，王恭独自漫步到幽极胜极之处，书上记载说："于时清露晨流，新桐初引。"

那被人爱悦，被人誉为"濯濯如春月柳"的王恭忽然怅怅然冒出一句："王大故自濯濯。"语气里半是生气半是爱惜，翻成白话就是："唉，王大那家伙真没话说——实在是出众！"

不知道为什么，作者在描写这段微妙的人际关系时，把周围环境也一起写进去了。而使我读来怦然心动的也正是那段"于时清露晨流，新桐初引"的附带描述。也许不是什么惊心动魄的大景观，只是一个序幕初启的清晨，只是清晨初初映着阳光闪烁的露水，只是露水妆点下的桐树初初抽了芽，遂使得人也变得纯洁灵明起来，甚至强烈地怀想那个有过嫌隙的朋友。

李清照大约也被这光景迷住了，所以她的《念奴娇》里竟把"清露晨流，新桐初引"的句子全搬过去了。一颗露珠，从六朝闪到北宋，一叶新桐，在安静的扉页里晶薄透亮。

我愿我的朋友也在生命中最美好的片刻想起我来，在一切天清地廓之时，在叶嫩花初之际，在霜之始凝，夜之始静，果之初熟，茶之方馨。在船之启碇，鸟之回翼，在婴儿第一次微笑的刹那，想及我。

如果想及我的那人不是朋友，而是故人（如果我有敌人的话），那也好——不，也许更好，嫌隙虽深，对方却仍会想及我，必然因为我极为精彩的缘故。当然，也因为一片初生的桐叶是那么好，好得足以让人有气度去欣赏仇敌。

问　名

万物之有名，恐怕是由于人类可爱的霸道。

《创世记》里说，亚当自悠悠的泥骨土髓中乍醒过来，他的第一件“工作”竟是为万物取名。想起来都要战栗，分明上帝造了万物，而一个一个取名字的竟是亚当，那简直是参天地之化育，抬头一指，从此有个东西叫青天，低头一看，从此有个东西叫大地，一回首，夺神照眼的那东西叫树，一倾耳，树上嘤嘤千啭的那东西叫鸟……而日升月沉，许多年后，在中国，开始出现一个叫仲尼的人，他固执地要求“正名”，他几乎有点迂，但他似乎预知，“自由”跟“放纵”，“爱情”和“色欲”，“人权”和“暴力”是如何相似又相反的东西，他坚持一切的祸乱源自“名实不符”。

我不是亚当，没有资格为万物进行其惊心动魄的命名大典。也不是仲尼，对于世人的“鱼目混珠”唯有深叹。

不是命名者，不是正名者，只是一个问名者。命名者是伟大的开创家，正名者是忧世的挽澜人，而问名者只是一个与万物深深契情的人。

*　*　*

也许有几分痴，特别是在旅行的时候，我老是烦人地问：

“那是什么？”

别人答不上来，我就去问第二个，偏偏这世界就有那么多懵懂的人，你问他天天来他家草坪啄食的红胸绿背的鸟叫什么，他居然不知道。你问他那条河叫什么河，他也好意思抵赖说那条河没名字。你问他那些把他家门口开得一片闹霞似的花树究竟是桃是李，他不负责任地说不清楚。

不过，我也不气，万物的名氏又岂是人人可得而知的。别人答不上来，我的心里固然焦灼，但却更觉得这番“问名”是如此慎重虔诚，慎重得像古代婚姻中的“问名”大礼。

*　*　*

读《红楼梦》，喜欢宝玉的痴，他闯见小厮茗烟和一个清秀的女孩子在一起，没有责备他的大胆，却恨他连女孩子姓什么叫什么都不知道。不知名就是不经心，奇怪的是有人竟能如此不经心地过一生一世。宝玉自己是连听到刘姥姥说“雪地里女孩儿精灵”的故事，也想弄清楚她的名姓而去祭告一番的。

*　*　*

有一次，三月，去爬中部的一座山，山上有一种蔓藤似的植物，长着一种白紫交融细丝披纷的花。我蹲在山径上，凝神地看，山上没有人，无从问起，忽然，我发现有些花已经结了小果实了，青绿椭圆，我摘了一个下山去问人，对方瞄了一眼，不在意地说：

“那是百香果啊，满山都是的！现在还少了一点，从前，我们出去一捡就一大箩。”

我几乎跌足而叹，原来是百香果的花，那么芳香浓郁的百香果的花。如果再迟两个月来，满山岂不都是些紫褐色的果子，但我也不遗憾，我到底看过它的花了，只可惜初照面的时候，不能知名，否则应该另有一番惊喜。

* * *

野牡丹的名字是今年春天才打听出来的，一旦知道，整个春天竟然都过的不一样了。每次穿山径到图书馆影印资料，它总在路的右侧紫艳艳地开着，我朝它诡秘一笑，心里的话一时差不多已溢到嘴边：

“嗨，野牡丹，我知道你的名字了，蛮好听的呀——野牡丹。”

它望着我，也笑了起来，像一个小女孩，又想学矜持，又装不来。于是忍不住傻笑：

“咦？谁告诉你的？你怎么晓得我的名字的？”

* * *

“安娜女王的花边”(Queen Anna’s Lace)是一种美国野花的名字，它是在我心灰意冷问遍朋友没有一个人能指认得出来的时候，忽然获知的。告诉我的人是一个女画家，那天，她把车子停在宁静安详的小城僻路上，指着那一片由千百朵小如粟米的白花组成的大花告诉我。我一时屏息睁目，简直不敢相信那是真的。当下只见路边野花蔓延，世界是这样无休无止的一场美丽，我忽然觉得幸福得不知说什么才好。恍如古代，河出图，洛出书——那本不希奇，但是，圣人认识它，那就不一样了。而我，一个平凡的女子，在夏日的薰风里，在漫漫的绿向天涯的大地上，只见那白花欣然怡悦地浮上来，像《河图》《洛书》一样地浮上来，我认识它吗？一朵花里有多少玄机，太平盛世会由于这样一个祥兆而出现吗？

我如呆如痴地坐着，一朵花里有多少玄机？

* * *

三月里，我到东门菜场外面的花店里去订一种花，那女孩听不懂，我只好找一张纸，一面画，一面解释：

“你看，就是这样，一根枝子，岔出许多小枝子，小枝子上有许许多多小花，又小，又白，又轻，开得散散的，漾漾的……”

“哦，”不等我说完，她就叫了起来：“你是说‘满天星’啊！”

（后来有位朋友告诉我，那花英文里叫 baby's breath——婴儿的呼吸，真温柔，让人忍不住心疼起来。）

第二天，我就把那订购的开得密密的星辰一把抱回家，觉得自己简直是宇宙，一胸襟都是星。

我把花插在一个陶罐子里，万分感动地看那四面迸射的花。我坐在花旁看书，心中疑惑地想着，星星都是善于伪装的，它们明明那么大，比太阳还大，却怕吓倒了我们，所以装得那么小，来跟我们玩。它们明明是十万年前闪的光，却怕把我们弄糊涂了，所以假装是现在才眨的眼……而我买的这把“满天星”会不会是天星下凡来玩一遭的？我怔怔地看那花，愈看愈可疑，它们一定是繁星变的，怕我胆小，所以化成一把怯怯的花，来跟我共此暮春，共此黄昏。究竟是“星常化作地下花”呢，还是“花欲升作天上星”呢？我抛下书，被这样简单的问题搞糊涂了。

* * *

菜单上也有好名字。

有一种贝壳，叫“海瓜子”，听着真动人，仿佛是从海水的大瓜瓤里剖出的西瓜子，想起来，仿佛觉得那菜真充满了一种嗑的乐趣——嗑下去，壳张开，瓜子仁一般的贝肉就滑落下来……还有一种又大又圆的贝类，一面是白壳，一面是紫褐色的壳，有个气吞山河的名字，叫“日月蚶”，吃的时候，简直令人自觉神圣起来。不知道日月蚶自己知不知道它叫日月蚶——白的那面像月，紫的那面像日，它就是天地日月精华之所钟。

* * *

吃外国东西，我更喜欢问名了，问了，当然也不懂，可是，把名字写在记事本上，也是一段小小的人生吧！英雄豪杰才有其王图霸业的历史记录，小人物的记事册上却常是记下些莫名其妙的资料，例如有一种紫红色的生鱼片叫玛苦瑞，一种薄脆对折中间包些菜肴的墨西哥小饼叫“他可”，意大利馅饼“比萨”吃起来老让人想起在比萨斜塔（虽然意大利文那两字毫不相干）。一种吃起来像烤馒头的英式面包叫“玛芬”，Petitmunster 是有点臭咸鱼味道的法国乳酪，Artichoke 长得像一只绿色的花，煮熟了一瓣瓣掰下来蘸牛油吃，而“黑森林”又竟是一种蛋糕的名字。

记住些乱七八糟的食物名字当然是很没出息的事情，我却觉得其中有某种尊敬。只因在茫茫的人世里，我曾在某种机缘下受人一粥一饭，应当心存谢忱。虽然，钱也许是我付的，但我仍觉得每一个人的一只盘碗，都有如僧人的钵，我们是受人布施的托钵人，世界人群给我们的太多，我至少应该记下我曾经领受的食物名称。

*　　*　　*

有时我想，如果我死，我也一定要问清楚病名。也许那是最后一度问名了。

人生一世，问的都是美好的名字，一样好吃的菜肴，一块红得半透明的石头，一座山，一种衣料，一朵花，一条鱼……。

但是，有一天，我会带着敬意问我敌人的名字，像古战场上两军对垒时，大英雄总是从容地问：

“来将通名！”

也许是癌，也许是心脏病，也许是脑溢血……但是，我希望自己有机会问名，我不能不清不白地败在不知名的对方手下。既然要交锋，就得公平，我要知道对手叫什么名字，背景如何，我要好好跟他斗一斗。就算力竭气绝，我也要清清楚楚叫出他的名字：

“××，算你赢了。”

然后，我会听见他也在叫我的名字：

“晓风，你也没输，我跟你缠斗得够辛苦的了！”

于是，我们对视着，彼此行礼，握手，告退。

最后的那场仗，我算不算输，我不知道，只知道，我要知道对方的名字，也要跟他好好拼上许多回合。

*　　*　　*

自始至终，我是一个喜欢问名的人。

是我看蝉壳，
看得风多露重，岁月忽已晚呢，
还是蝉壳看我，
看得花落人亡，地老天荒呢？

人生的栈道上，我是个赶路人，
却总是忍不住贪看山色。
生命里既有这么多值得伫足的事，
相形之下，会不会误了宿头，
也就不是那样重要的事了。

我交给你们一个孩子

我交给你们一个孩子

小男孩走出大门，返身向四楼阳台上的我招手，说：

“再见！”

那是好多年前的事了，那个早晨是他开始上小学的第二天。

我其实仍然可以像昨天一样，再陪他一次，但我却狠下心来，看他自己单独去了。他有属于他的一生，是我不能相陪的，母子一场，只能看作一把借来的琴弦，能弹多久，便弹多久，但借来的岁月毕竟是有其归还期限的。

他欢然地走出长巷，很听话的，既不跑也不跳，一副循规蹈矩的模样。我一人怔怔地望着油加利下细细的朝阳而落泪。

想大声地告诉全城市，今天早晨，我交给你们一个小男孩，他还不知恐惧为何物，我却是知道的，我开始恐惧自己有没有交错？

我把他交给马路，我要他遵守规矩沿着人行道而行，但是，匆匆的路人啊，你们能够小心一点吗？不要撞到我的孩子，我把我至爱的交给了纵横的道路，容许我看见他平平安安地回来！

我不曾搬迁户口，我们不要越区就读，我们让孩子读本区内的公立小学而不是某些私立明星小学，我努力去信任教育当局，而且，是以自己的儿女为赌注来信任的——但是，学校啊，当我把我的孩子交给你，你保证给他怎样的教育？今天清晨，我交给你一个欢欣诚实又颖悟的小男孩，多年以后，你将还我一个怎样的青年？

他开始识字，开始读书，当然，他也要读报纸、听音乐或看电视、电影，古往今来的撰述者啊！各种方式的知识传递者啊！我的孩子会因你们得到什么呢？你们将饮之以琼浆，灌之以醍醐，还是哺之以糟粕？他会因而变得正直忠信，还是学会奸猾诡诈？当我把我的孩子交出来，当他向这世界求知若渴，世界啊，你给他的会是什么呢？

世界啊，今天早晨，我，一个母亲，向你交出她可爱的小男孩，而你们将还我一个怎样的呢？

小蜥蜴如何藏身在草丛里的奇观

我给小男孩请了一位家庭教师，在他七岁那年。

听到的人不免吓一跳：

“什么？那么小就开始补习了？”

不是的，我为他请一位老师是因为小男孩被蝴蝶的三部曲弄得神魂颠倒，又一心想知道蚂蚁怎么回家；看到世上有那么多种蛇，也使他欢喜得着了慌，我自己对自然的万物只有感性的欢欣赞叹，没有条析缕陈的解释能力，所以，我为他请了老师。

有一张征求老师的文字是我想用而不曾用过的，多年来，它像一坛忘了喝的酒，一直堆栈在某个不显眼的角落。春天里，偶然男孩又不自觉地转头去听鸟声的时候，我就会想起自己心底的那篇文字：

> 我们要为我们的小男孩寻找一位生物老师。
>
> 他七岁，对万物的神奇兴奋到发昏的程度，他一直想知道，这一切“为什么是这样的”。
>
> 我们想为他找的不单是一位授课的老师，也是一位启示他生命的奇奥和繁复的人。
>
> 他不是天才，他只是一个好奇而且喜欢早点知道答案的孩子。我们尊重他的好奇，珍惜他兴奋易感的心，我们不是富有的家庭，但我们愿意好好为他请一位老师，告诉他花如何开？果如何结？蜜蜂如何住在六角形的屋子里？蚯蚓如何在泥土中走路吃饭……他只有一度童年，我们急于让他早点享受到“知道”的权利。
>
> 有的时候，也请带他到山上到树下去上课，他喜欢知道蕨类怎样成长，杜鹃怎样红遍山头，以及小蜥蜴如何藏身在草丛里的奇观……
>
> 有谁愿意做我们小男孩的生物老师？

小男孩后来读了两年生物，获益无穷，而这篇在心底重复无数遍的“征求老师”的腹稿却只供我自己回忆。

寻人启事

我坐在餐桌上修改自己的一篇儿童诗稿，夜渐渐深了。

男孩房里的灯仍亮着，他在准备那些考不完的试。

我说：

“喂，你来，我有一篇诗要给你看！”

他走过来，把诗拿起来，慢慢看完，那首诗是这样写的：

寻人启事

妈妈在客厅贴起一张大红纸
上面写着黑黑的几行字：
兹有小男孩一名不知何时走失
谁把他拾去了啊，仁人君子
他身穿小小的蓝色水手服
他睡觉以前一定要念故事
他重得像铅球又快活得像天使
满街去指认金龟车是他的专职
当电扇修理匠是他的大志
他把刚出生的妹妹看了又看露出诡笑：
“妈妈呀，如果你要亲她就只准亲她的牙齿。”
那个小男孩到哪里去了，谁肯给我明示？
听说有位名叫时间的老人把他带了去
却换给我一个中学的少年比妈妈还高

正坐在那里愁眉苦脸地背历史
那昔日的小男孩啊不知何时走失
谁把他带还给我啊，仁人君子。

看完了，他放下，一言不发地回房去了。第二天，我问他：

“你读那首诗怎么不发表一点高见？”

“我读了很难过，所以不想说话……”

我茫然走出他的房间，心中怅怅，小男孩已成大男孩，他必须有所忍受，有所承载，我所熟知的一度握在我手里的那一双小手有如飞鸟，在翩飞中消失了。

仅仅只在不久以前，他不是还牵着妹妹的手，两人诡秘地站在我的书房门口吗？他们同声用排练好的做作的广告腔说：

好立克大王
张晓风女士
请你出来
为你的儿子女儿冲一杯好立克

这样的把戏玩了又玩，一杯杯香浓的饮料喝了又喝，童年，繁华喧天的岁月，就如此跫音渐远。

年轻不就是有莽撞往前去的勇气吗？
年轻就是手里握着大把岁月的筹码，
那么，在命运的赌局里作乾坤一掷的时候，
虽不一定赢，气势上总该能壮阔吧？

遇

——遇者，不期而会也（《论语义疏》）

一

生命是一场大的遇合。

一个民歌手，在洲渚的丰草间遇见关关和鸣的雎鸠——于是有了诗。

黄帝遇见磁石，蒙恬初识羊毛，立刻有了对物的惊叹和对物的深情。

牛郎遇见织女，留下的是一场恻恻然的爱情，以及年年夏夜，在星空里再版又再版的永不褪色的神话。

夫子遇见泰山，李白遇见黄河，陈子昂遇见幽州台，米开朗基罗在混沌未凿的大理石中预先遇见了少年大卫，生命的情境从此就不一样了。

就不一样了，我渴望生命里的种种遇合，某本书里有一句话，等我去读、去拍案。田间的野老，等我去了解、去惊识。山风与发，冷泉与舌，流云与眼，松涛与耳，他们等着，在神秘的时间的两端等着，等着相遇的一刹——一旦相遇，就不一样了，永远不一样了。

我因而渴望遇合，不管是怎样的情节，我一直在等待着种种发生。

人生的栈道上，我是个赶路人，却总是忍不住贪看山色。生命里既有这么多值得伫足的事，相形之下，会不会误了宿头，也就不是那样重要的事了。

二

菲律宾机场意外的热，虽然，据说七月并不是他们最热的月份。房顶又低得像要压到人的头上来，海关的手续毫无头绪，已经一个钟头过去了。

小女儿吵着要喝水，我心里焦烦得要命，明明没几个旅客，怎么就是搞不完。我牵着她四处走动，走到一个关卡，我不知道能不能贸然过去，只呆呆地站着。

忽然，有一个皮肤黝黑、身穿镂花白衬衫的男人，提着个007的皮包穿过关卡，颈上一串茉莉花环。看他的样子不像是中国人。

茉莉花是菲律宾的国花，串成儿臂粗的花环白盈盈的一大嘟噜，让人分不出来是由于花太白，白出香味来了，还是香太浓，浓得凝结成白色了。

而作为一个中国人，无论如何总霸道地觉得茉莉花是中国的，生长在一切前庭后院，插在母亲鬓边，别在外婆衣襟上，唱在儿歌里的：

“好一朵美丽的茉莉花……”

我搀着小女儿的手，凝望着那花串，一时也忘了溜出来是干什么的。机场不见了，人不见了，天地间只剩那一大串花，清凉的茉莉花。

“好漂亮的花！”

我不自觉地脱口而出。用的是中文，反正四面都是菲律宾人，没有人会听懂我在喃喃些什么。

但是，那戴花环的男人忽然停住脚，回头看我，他显然是听懂了。他走到我面前，放下皮包，取下花环，说：

“送给你吧！”

我愕然，他说中国话，他竟是中国人，我正惊诧不知所措的时候，花环已经套到我的颈上来了。

我来不及地道了一声谢，正惊疑间，那人已经走远了。小女儿兴奋地乱叫：

“妈妈，那个人怎么那么好，他怎么会送你花的呀？”

更兴奋的当然是我，由于被一堆光璨晶射的白花围住，我忽然自觉尊贵起来，自觉华美起来。

我飞快地跑回同伴那里去，手续仍然没办好，我急着要告诉别人，愈急愈说不清楚，大家都半信半疑以为我开玩笑。

“妈妈，那个人怎么那么好，他怎么会送你花的呀？”小女儿仍然誓不甘休地问。

我不知道，只知道颈间胸前确实有一片高密度的花丛，那人究竟是感动于乍听到的久违的乡音？还是简单地想“宝剑赠英雄”，把花环送给赏花人？还是在我们母女携手处看到某种曾经熟悉的眼神？我不知道，他已经匆匆走远了，我甚至不记得他的面目，只记得他温和的笑容，以及非常白非常白的白衫。

今年夏天，当我在南部小城母亲的花圃里摘弄成把的茉莉，我会想起去我曾偶遇到一个人、一串花，以及魂梦里那圈不凋的芳香。

三

那种树我不知道是黄槐还是铁刀木。

铁刀木的黄花平常老是簇成一团，密不通风，有点滞人，但那种树开的花却松疏有致，成串的垂挂下来，是阳光中薄金的风铃。

那棵树被圈在青苔的石墙里，石墙在青岛西路上。这件事我已经注意很久了。

我真的不能相信在车尘弥天的青岛西路上会有一棵那么古典的树，可是，它又分明在那里，它不合逻辑，但你无奈，因为它是事实。

终于有一年，七月，我决定要犯一点小小的法，我要走进那个不常设防的柴门，我要走到树下去看那交枝错柯美得逼人的花。一点没有困难，只几步之间，我已来到树下。

不可置信的，不过几步之隔，市声已不能扰我，脚下的草地有如魔毯，一旦踏上，只觉身子腾空而起，霎时间已来到群山清风间。

这一树黄花在这里进行说法究竟有多少夏天了？冥顽如我，直到此刻直撅撅地站在树下仰天，才觉万道花光如当头棒喝，夹脑而下，直打得满心满腔一片空茫。花的美，可以美到令人恢复无知，恢复无识，美到令人一无依恃，而光裸如赤子。我敬畏地望着那花，哈，好个对手，总算让我遇上了，我服了。

那一树黄花，在那里说法究竟有多少夏天了？

我把脸贴近树干，忽然，我惊得几乎跳起来，我看到蝉壳了！土色的背上一道裂痕，眼睛部分晶凸出来，那样宗教意味的蝉的遗蜕。

蝉壳不是什么稀罕东西，但它是我三十年前孩提时候最爱拣拾的宝物，乍然相逢，几乎觉得是神明意外的恩宠。他轻轻一拨，像拨动一座走得太快的钟，时间于是又回到混沌的子时，三十年的人世沧桑忽焉消失，我再度恢复为一个一无所知的小女孩，沿着清晨的露水，一路去剥下昨夜众蝉新蜕的薄壳。

蝉壳很快就盈握了，我把它放在地下，再去更高的枝头剥取。

小小的蝉壳里，怎么会容得下那长夏不歇的鸣声呢？那鸣声是渴望？是欲求？是无奈的独白？

是我看蝉壳，看得风多露重，岁月忽已晚呢，还是蝉壳看我，看得花落人亡，地老天荒呢？

我继续剥更高的蝉壳，准备带给孩子当不花钱的玩具。地上已经积了一堆，我把它背上裂痕贴近耳朵，一一于未成音处听长鸣。

而不知什么时候，有人红着眼睛从甬道走过。奇怪，这是一个什么地方？青苔厚石墙，黄花串珠的树，树下来来往往悲泣的眼睛？

我探头往高窗望去，香烟缭绕而出，一对素烛在正午看来特别黯淡的室内跃起火头。我忽然警悟，有人死了！然后，似乎忽然间我想起，这里大概就是台大医院的太平间了。

流泪的人进进出出，我呆立在一堆蝉壳旁，一阵当头笼罩的黄花下。忽然觉得分不清这三件事物，死、蝉壳以及正午阳光下亮得人眼眩的半透明的黄花。真的分不清，蝉是花？花是死？死是蝉？我痴立着，不知自己遇见了什么？

我后来仍然日日经过青岛西路，石墙仍在，我每注视那棵树，总是疑真疑幻。我曾有所遇吗？我一无所遇吗？当树开花时，花在吗？当树不开花时，花不在吗？当蝉鸣时，鸣在吗？当鸣声消歇，鸣不在吗？我用手指摸索着那粗砺的石墙，一面问着自己，一面并不要求回答。

然后，我越过它走远了。

然后，我知道那种树的名字了，叫阿勃拉，是从梵文译过来的，英文是golden shower，怎么翻呢？翻成金雨阵吧！

万物之中，无论尊卑，
都各有其美丽的讯息要告诉别人。

愁乡石

到“鹅库玛”度假去的那一天，海水蓝得很特别。

每次看到海，总有一种瘫痪的感觉，尤其是看到这种碧入波心的、急速涨潮的海。这种向正前方望去直对着上海的海。

“只有四百五十海里。”他们说。

我不知道四百五十海里有多远，也许比银河还要迢遥吧？每次想到上海，总觉得像历史上的镐京或是洛邑那么幽渺，那样让人牵起一种又凄凉又悲怆的心境。我们面海而立，在浪花与浪花之间追想多柳的长安与多荷的金陵，我的乡愁遂变得又剧烈又模糊。

可惜那一片江山，每年春来时，全交付给了千林啼鴂。

明孝陵的松涛在海浪中来回穿梭，那种声音、那种色泽，恍惚间竟有那么相像。记忆里那一片乱映的苍绿已经好虚幻好缥缈了，但不知为什么，老忍不住要用一种固执的热情去念诵它。

有两三个人影徘徊在柔软的沙滩，拣着五彩的贝壳。那些炫人的小东西像繁花一样地开在白沙滩上，给发现的人一种难言的惊喜。而我站在那里，无法让悲激的心怀去适应一地的色彩。

蓦然间，沁凉的浪打在我的脚上，我没有料到那一下冲撞竟有那么裂人心魄。想着海水所来的方向，想着上海某一个不知名的滩头，我便有一种号哭的冲动。而哪里是我们可以恸哭的秦庭？哪里是申包胥可以流七日泪水的地方？此处是异国，异国寂凉的海滩。

他们叫这一片海为中国海，世上再没有另一个海有这样美丽沉郁的名字了。小时候曾经多么神往于爱琴海，多么迷醉于想象中那抹灿烂的晚霞，而现在，在这个无奈的多风下午，我只剩下一个爱情，爱我自己国家的名字，爱这个蓝得近乎哀愁的中国海。

而一个中国人站在中国海的沙滩上遥望中国，这是一个怎样咸涩的下午！

遂想起那些在金门的日子，想起在马山看对岸的角屿，在湖井头看对岸的何厝。望着那一带山峦，望着那块使东方人骄傲了几千年的故土，心灵便脆薄得不堪一声海涛。那时候忍不住想到自己为什么不是一只候鸟，犹记得在每个江南草长的春天回到旧日的梁前，又恨自己不是鱼，可以绕着故国的沙滩岩岸而流泪。

海水在远处澎湃，海水在近处澎湃，海水徒然地冲刷着这个古老民族的羞耻。

我木然地坐在许多石块之间，那些灰色的、轮流着被海水和阳光煎熬的小圆石。

那些岛上的人很幸福地过着他们的日子，他们在历史上从来不曾辉煌过，所以他们不必痛心。他们没有骄傲过，所以无须悲哀。他们那样坦然地说着日本话，给小孩子起日本名字，在国民学校的旗竿上竖别人的太阳旗，他们那样怡然地顶着东西、唱着歌，走在美国人为他们铺的柏油路上。

他们有他们的快乐。那种快乐是我们永远不会有也不屑有的。我们所有的只是超载的乡愁。只是世家子弟的那份茕独。

海浪冲逼而来，在阳光下亮着残忍的光芒。海雨天风，在在不放过旅人的悲思。我们向哪里去躲避？我们向哪里去遗忘？

小圆石在不绝的浪涛中颠簸着，灰白的色调让人想起流浪者的霜鬓。我拣了几个，包在手绢里，我的臂膀遂有着十分沉重的感觉。

忽然间，就那样不可避免地忆起了雨花台，忆起那闪亮了我整个童年的璀璨景象。那时候，那些彩色的小石曾怎样地令我迷惑。有阳光的假日，满山的拣石者挑剔地品评着每一块小石子。那段日子为什么那么短呢？那时候我们为什么不能预见自己的命运？在去国离乡的岁月里，我们的箱箧里没有一撮故国的泥土。更不能想象一块雨花台石子的奢侈了。

灰色的小圆石一共是七块，它们停留在海滩上想必已经很久了，每一次海浪的冲撞便使它们更浑圆一些。

雕琢它们的是中国海的浪头，是来自上海的潮汐，日日夜夜，它们听着遥远的消息。

把七块小石转动着，它们便发出琅然的声音，那声音里有着一种神秘的回响，呢喃着这个世纪最大的悲剧。

“你捡的就是这个？”

游伴们从远远近近的沙滩走了回来，展示着他们彩色缤纷的贝壳。

而我什么也没有，除了那七颗黯淡的灰色石子。

“可是，我爱它们。”我独自走开去，把那七颗小石压在胸口上，直压到我疼痛得淌出眼泪来。在流浪的岁月里我们一无所有，而今，我却有了它们。我们的命运多少有些类似，我们都生活在岛上，都曾日夜凝望着一个方向。

“愁乡石！”我说，我知道这必是它的名字，它决不会再有其他的名字。

我慢慢地走回去，鹅库玛的海水在我背后蓝得叫人崩溃，我一步一步艰难地摆脱它。而手绢里的愁乡石响着，响着久违的乡音。

无端的，无端的，又想起姜白石，想起他的那首《八归》。

最可惜的那一片江山，每年春来时，全交付给了千林啼鴂。

愁乡石响着，响一片久违的乡音。

后记：鹅库玛系冲绳岛极北端之海滩，多有异石悲风。西人设基督教华语电台于斯，以其面对上海及广大的内陆地域。余今秋（一九六七）曾往一游，去国十八年。虽望乡亦情怯矣。是日徘徊低吟，黯然久之。

片言苟会心，
掩卷忽而笑。

我听到你唱了

她把那张便纸打开来，立刻吓得要死。

从来还没接过毛笔写的条子，字很潦草，大概不是秘书写的——那就是说，是江校长自己写的。完了，她想，既是江校长的条子，准没好事，江校长人虽不凶，可是从来不苟言笑。

“我一向是有点调皮捣蛋，”她拼命想，“可是也没闯过什么祸啊！”

等一走进校长室，她就放了心，江校长的声音中充满温馨喜悦。她听到让她目瞪口呆的事。

事情是这样的：

头天晚上是欢送毕业生的晚会，江校长原来有事不能参加的，后来偶然经过，忽然发现传出来的声音意外的好，其实那歌倒普通，是当时流行的一首抒情歌，叫 *Only You*，但好的是那女孩的声音，江校长走进去，坐在最后一排，听完，她站起来，知道了那个胖胖的女孩叫姚立含，高一，她决定把她找来谈谈。

“我听到你唱了——唱得真好——”江校长用她惯用的平直的调子，“你父母有没有打算要培植你？”

“没有啊！”她吃惊不小。

这真是怪事了，唱歌她倒是从会说话就会唱的，唱歌就是唱歌，还管它什么培植不培植。其实全家也都会唱，爸爸唱老生，唱《贺后骂殿》，唱《萧何追韩信》，妈妈也唱，妈妈几乎是整天都在唱。她在镇江念小学的时候，曾每天到电台唱一遍《节俭歌》(那时没有录音带)，她也唱《摇篮曲》：

> 风啊——你要微微地吹
> 鸟啊——你要轻轻地叫
> 我家小宝宝
> 快要睡着了

对姚立含，唱歌是和生命一体的，唱歌简直是和胎动的韵律一起俱存在她生命里的东西，可是到那一天为止，她连一场正式音乐会也没听过，她完全摸不清头脑，音乐跟培植有什么关系。

江校长也不多说——她向来说话不多——就放她回去了。

她想，事情大概到此为止了，她仍然高高兴兴地唱她“未经培植”为歌——连钢琴伴奏都没有，钢琴不是生活里的东西。

想不到过了两天，她的爸爸妈妈也接到了江校长的信，信上同样也只是说请到校一谈。家里不知情，引起不小的虚惊，及至赶到学校，真不得了，江校长已经把姚立含和音乐老师约了来。江校长想必是那种想到一件事就非得做成功的人，她要求女孩的父母务必要培植她。

“她唱得好极了，她有两种好是别人没有的。第一，那天我坐在最后一排，但一个一个字都听得清清楚楚；第二，她唱起来，轻松自然，不像别人唱得咬牙切齿的。”

江校长简直是一个奇异的人，向来也没听说她懂音乐，好像也没听她唱过歌，可是以一个教育家的本能，她却能在一片微云中预见沛然的大雨。不知道江校长算不算跋扈，她还去找了王沛纶教授，又因而间接找到郑秀玲教授。姚立含的父亲是一位知名的作家，但要谈“音乐培植”他也一片茫然，当时就完全依了江校长的安排。

第一次到郑秀玲老师家面试，她一边直着嗓子唱音阶，一边看到郑老师在皱眉，等全唱完了，郑老师说：“第一，你的嗓子很大；第二，我喜欢你这种诚诚恳恳的人……”

真是要命，从头到尾居然没有一个字是说她音质华美，或绕梁三日的话，可是由于生性乐观，而且对音乐也没有“野心”，有的反是一片淡泊的“无心”，所以，仍然满心高兴，觉得“嗓门大”未尝不是一句光荣的评语。从此，她就成了郑老师的学生，原本是约定先学六个月试试，但后来在留学前一直跟了郑老师五年多。

我认识姚立含有七年了——更正确地说是认识她的声音，第一次听到她的声音，我忍不住要问，“那个胖胖的女孩是谁？”

后来才知道，这是一个很普遍的反应，她大专联考考术科的那天，戴粹伦教授也到处打听：“那个胖胖的女孩是谁？”她的声乐术科是那年最好的。

五年前我们演《武陵人》，导演黄以功一向是个“不耐烦去懂音乐的人”，但一听姚立含的声音，他立刻决定要用她演桃花的娘。

“感觉很对。”他说。

黄以功喜欢“感觉”，他老是说：

“你要去感觉那个‘感觉’。”

姚立含的戏其实不及她的歌，但有其相同的沉稳。

外行的人——或者说“半内行”的人有时会惊奇，为什么一个像姚立含这样的“女低音”会去师事一个郑老师那样的“女高音”，但是在姚立含学习的过程中，她会了解，音乐不在音域的上下，在于如何将潺潺的心之潮声重现在别人的生命的涓流里。

如果把她的人和她的歌相比，我有点不知道说哪一个更可爱。

姚立含最特别的一点是“糊涂”，奇怪的却是她的糊涂从来没有误过事，相反地倒给她带来好运。

读大学的时候，在华冈，有一次她发现学校附近有一人在自家门口做葱油饼，她忍不住拿一块钱要去买一个——天晓得，那人根本不是卖葱油饼的——但因为觉得她糊涂得可爱，也就忍住笑卖了。没想到她吃了一个意犹未足，居然去买第二和第三个，那位先生只好继续卖给她……姚立含的生平几乎全由这种“绝事”串联而成。

当初要跟郑老师学音乐的时候，她冒冒失失地问了一句：“可不可以便宜一点啊！”她是长女，父亲是公务员，她一想到自己要花钱学音乐，真急得不知如何是好。

奇怪的是郑老师没有为她的“还价”生气，反而一口答应她了。

跟大多数的音乐系同学一样，她的德文并不怎么好，但只凭一股劲，就高高兴兴地到了德国，一面拼命想家，一面开始拼命念德文，满屋子贴着央人寄来的台北艺术活动的海报……

有一天，简直像神话一样，当她走下演唱台，发觉一个德国人在流泪，她知道她已经征服了德文。

她的丈夫也是得来全不费功夫，那男孩在歌剧院做首席小提琴手，为了应邀演唱，他们合作过好几次，后来她跟另外一个女孩合煮了一顿中国饭酬谢，燃料、场地和餐具却由男方供给（因为是在男家煮的）。事情就这样开始了，男孩的约会倒也简便，他总是送她歌剧票——因为身为首席小提琴手，可以有几张免费票。

圆脸、微髭、大眼，好纯的一个男孩，他们结了婚，她给他译了一个中国名字叫毕友安。别的女人是给儿女取名字，她却得先给丈夫取。

“我其实早就认识过一些日本女孩，但姚立含大不一样。”毕友安说，作为一个西方人要想不认识日本人几乎不可能，日本人到处都是，在德国学音乐的女孩也极多，毕跟很多日本女孩共过事。

“日本女孩对人真客气，又有礼貌——可是她心里头又是另外一回事了，”毕说，“姚立含不是，她有什么说什么——我比较喜欢这种人。”

听说他们交往渐密，双方家长都不由得恐惧起来，对两个家族而言，这都是破天荒的事。但没几天，老一辈的都放弃成见，并且衷心祝福他们。

“第一年真不好过啊！有时说德文，有时说英文，有时还比手画脚，”姚说，“加上彼此又不适应一些对方的怪毛病。”

“他有什么怪毛病？”我问。

“譬如说，他喝完牛奶，死都不肯吃水果——是他从小妈妈教的。”

“对了，有些外国人迷信果酸会把牛奶破坏——其实咱们中国人吃咸豆浆根本就先把它弄沉淀了。”

“就是说嘛！”

“那么，”我转向毕，“第一年你发现她有什么毛病？”

“她？”毕呆了呆，“我想不起来，她如果有毛病，也一定是一些不值一提的——不过第一年处起来是比较麻烦，但是我不后悔，我深信上帝不会安排错。”

听毕说“不后悔”真感动，颇有中文里“终不悔”的深情。

“第二年开始就好了。”两个人都是这样说。

“每天晚上我们一起祈祷。”他说，“那对我们婚姻的帮助太大了。”

正如江校长所形容的她的歌声，她的生命中重大的事也都来得那样轻松自然。

在中国传统的音乐里，旦角的本领就是要唱得高，高到响遏行云才为好。再不然，就是幽咽吞吐，此外就是老旦的那份苍凉沉稳，乃至于反串老生、反串花脸的那份雄豪激壮。

奇怪的是，从来就似乎没有低沉华美、醇厚如丝绒的女低音，似乎女音一低，全都变质成为男性化的声音，真正年轻华贵的低音就中国而言真是难找——当然，一般中国人肺活量也不适于唱低音，但姚立含倒无这方面的困难。

“女低音本来全世界都缺。”她说。

其实她不知道，她的价值不在“物以稀为贵”，即使全世界每个女人都能唱女低音，她仍是独特的一个，绝对与别人不同的一个。

“演唱紧张不紧张？”有一次我问她。

“紧张，紧张得要命，好久以前就开始紧张，临上台更紧张，我的胃痛就是这样来的。”

“可是，听你唱却很自然嘛！”

“我一开口唱就好了——就忘了。”

“唱完了等下一支曲子的时候呢？”

“还是紧张——所以我比较倒霉，我先生就好多了，他也紧张，可是小提琴的乐章长，他可以保持很久不紧张，我是每唱完一首歌，就要紧张一阵子。”

不知算不算偏见，我喜欢在演出前紧张的艺术家，完全不紧张的人往往流于轻亵。

去台多年，七月里她回来了，我去听她的演唱，在她一向的沉厚、美丽和吞吐自然外，忽然惊喜地发现她也同时极能掌握女性的“威”与“重”，孔子说“君子不重则不威”，威与重原来也是可以如此都丽美好的。旧文学里常和春草联用的“葳”与“蕤”，指的是草木的盛美，听姚立含的歌忽然悟到青草在其最柔和最温润的外层下，也是蕴藏着勃勃然的威力的。当她唱舒伯特的《音乐颂》，唱修曼所谱法国公主临刑的诗《告别法国》《告别世界》，在极端的柔美中积贮着无限的威严，是一种美丽丰厚到极点后所自然呈现的“坤之德”。

“我听到你唱了！”十年前江校长的一句话改变了她的航向。

“我听到你唱了！”异乡的大厅里，观众以泪水向她呼叫。

我也听到她唱了，我会继续听到她的，一个歌者必然是一条溪，不断地汇聚，不断地流布，常将满腔激越的水声汇向另一个生命的涓流。

风睡了，
鸟睡了，
连夜也睡了。

蜗牛女孩

楔　子

“阿列核！”

小女孩回过头去，两只眼乌溜溜地转着，叫她的那群小孩看起来没有什么恶意。

“干什么？”她爽快地应了一声，声音气呼呼的——但她等于承认她是阿列核了。

在泰雅尔话里，阿列核是“疤”的意思，她的名字是温梅桂，可是，那太难叫了，大家宁可叫她阿列核，因为她脚踝上有一块疤。她不喜欢那个名字，不过——算了。

那次是母亲骑脚踏车，把她放在后座，她太小，脚被后轮夹入，弄掉了一块皮肉，倒霉的是，后来有一次被舅舅载在后座，同样的麻烦又重复了一次，脚后跟那块紫疤到现在还在。

“阿列核！”

等长大了，想到小时候的事，那亲切的绰号不觉又会回响起来——其实，生命不也是这一场吗？你受过伤，受过痛苦，但那些会过去，伤痕会收缩成脚后跟的一个小小的疤，而你自己，却早已大步地走过很长很远的路了。

会认山路的小女孩

“小时候我住在很深很深的深山里……”

“那时候，”我说，“你整天看山，有什么感觉？”

“一点感觉都没有，”她笑起来，“只觉得，山反正就是一直都在那里的——我反而喜欢海！”

“在山里怎么会看到海？”

“那是长大一点以后，我们搬到花莲平地，我不知道为什么，非常非常爱海，心情不好的时候，我一个人对着海坐着，不管天晴天雨，我有空就在海边走来走去……

“我小时候在深山里，那时家里很穷，我也很小，还没有读书，我记得爸爸总是要走好远好远的路下山去卖东西，卖的是玉米、小米、地瓜，卖不了什么钱，地瓜有时候好像才卖两毛钱一斤吧！父亲下山的时候扛着大麻袋，我就坐在麻袋上，一路到平地去，父亲从小也是苦大的，祖母早死，父亲是由舅公舅婆养大的，舅婆对他很不好，他长大了，入赘母亲家，母亲家人口多，要养一大家人……

“有一次，正刮着台风，我偏偏生病，发高烧，父母背着我去求医生，医生看了我，说：‘再慢一点，只要再慢一分钟就没救了。’我的命是捡回来的。

“我小时候很瘦小，我的父母认为我大概长不高了，没想到竟然长大了，我的父亲后来简直把我当男孩子看待，你看我的胳膊，你信不信？我能扛得动九十公斤呢！”

我点点头，竭力想象“九十公斤”——那是一个中型男人再加一个小孩的重量！门前广场上，一辆牛车停在星光下，透过纱窗望出去，依稀可以想见这个务农的泰雅尔家庭，以及这个力气奇大的农家女子。

“那时候，家里真是穷，不但有时候要跟人借钱，有时候甚至也要向人借粮食，因为连第二天要吃的都没有了，我读书以后，都没有鞋子穿（所以同学才看到脚后的疤），有时要去参加什么比赛，像合唱或运动比赛，都得去跟同学借衣服鞋子袜子！

“那时候，我的姨妈嫁了个外省人，住在玉里，姨妈带我到她家去玩。然后，第二次，我就敢带我的父母去找姨妈。父母问我：‘你真的认得路吗？’我说：‘我认得！’我还没上小学，但是我就真的带他们从玉里走了一个多小时的山路，那山路又陡又曲折，可是我居然一点不错地把他们带到了！”

以后，她也从来没有迷失，当她成长，在人生的路上。

“我恨偏见！”

“我开始读小学了，我们搬到平地来，可是，老师对我们山地学生有偏见，我们功课不见得比平地小孩差，却老是挨打。

“那时候，我们的排长是别班一位老师的孩子，她很坏，常常跟我们要东西，要铅笔，要橡皮，要橡皮筋，这些东西我自己都穷得买不起了。我用的橡皮你知道是怎么来的？是在扫地的时候扫出来的，是别人用剩不要的小块，我哪里能给她？可是没有东西给她，她就很凶，故意说我的功课这里写错了，那里写错了，还罚我们站，老师一到教室，又总是打那些罚站的。我们也不敢说，因为连‘国语’也说不清。

“我有时跟排长求：‘拜托你，排长，不要这样对我们……’

“可是，她不理我，照样作威作福欺负我们。

“我一点也不想读书，我失望得要命……

“我们山地小孩，刚到学校，连‘国语’都听不太懂，当然很吃亏，老师也不体谅我们，我那时有事常常想请教一个学姐，她也是山地人，她因为留级，所以‘国语’比我懂，没想到，她居然也伸手问我要东西……

“到收获的时候，老师跟我们要玉蜀黍……

“还有一个老师，他总是要我们去替他种田，我们下了课，还要替他种田，我们不敢不做，做到七点多，回家，吃了饭，再做自己家的事. 功课就赶不来了，结果，第二天又要挨打，可是，那位老师却没有叫平地小孩替他做事……”

房间是粉红色的，有着饱涨的幸福的感觉，未婚夫的戎装照片从柜顶温和地俯视下来，一个清凉的夏夜，可是，她却在说着一段悲惨的往事。

“有一天——老师说那天‘红十字会’的钱非交不可了，再也不可以晚了——我不肯去学校，我躺在地上打滚，哭，跟爸妈要钱，爸妈实在没有钱，我打滚也滚不出钱来，没有钱我不要去，爸妈打我，要我一定要去学校，我滚在地下哭……我不要去学校……我没有钱，我不要去学校……可是，他们还是把我打到学校去了。回想起来，没有钱真可怕，你完全没有自尊……”

“那些痛苦，”我说，“在你成长以后，有没有让你体会些什么？”

“有的，第一，我恨偏见，我怕再看见像我小学老师的那种人，由于她的偏见，我们受了侮辱和皮肉的痛苦。第二，我也警惕自己不要不公平，你只要有一点偏，别人心里是知道的，而且做人不可以贪人的小便宜，在别人的痛苦上又加上些痛苦。”

“小时候的贫穷，”我继续问，“对你今天有什么影响？”

“那段经验，使我现在懂得关心贫穷的人。”

“我想做女军官”

“我喜欢学校，是从初中开始的，初中的老师对我们没有歧视。其实，从小学三年级开始，我就对体育很有兴趣，不管是垒球、赛跑、跳高、跳远，我都喜欢，全校学生都认识我，我的成绩也有八十几分——不过那全是假的，事实上是学校因为我们体育成绩好，送我们的分数。可是到了初中不一样，一年级，老师对我们的功课要求一点不马虎，其实，我喜欢这样，我开始爱读书了，二年级我被编入‘勇班’，勇班仅是体育好的同学，但课业要求并不放松，我也很认真，我在班上差不多可以考个四名五名，还考过个第二名呢。

我回头看卧室外客厅里挂得密密叠叠的锦旗，其中除了“余音绕梁”“鼓舞士气”之类的是音乐比赛得来的，另外还有不少是运动场上得来的。整面墙差不多都不见了（除了锦旗还有宗教画），看来熙熙攘攘热热闹闹，像山地人的性格。

“我还有很多这种东西，”看我在看，她不经心地补充一句，“太多了，没办法挂。”

“我对音乐很有兴趣，有位老师问我要不要去读艺专，我怎么敢做这种梦，我的家境不但不能供给我读书，反而需要我快点毕业，好做事养家。母亲身体一直不好，我不忍心……

“我当时心里最羡慕的是做个女军官，可是，那也只是想想，初中毕业是没有资格去考政战学校的。我喜欢跟我一个好朋友聊‘将来’，她小学毕业的时候是第一名，她说她将来要做法官或者别的什么官，她后来真的考上了中兴法律，可是，才读到一年级，她就忽然结婚了，不读了。她结婚了，我伤心得大哭，因为知道她什么都做不出来了，她本来是那么棒的，女人，唉……

“那时候‘海军艺工队’到花莲来招考，我去考，考上了。我去军队里教他们唱军歌，也在台前台后唱歌，我有了薪水了，真是高兴，我不需要花什么钱，我把大部分的钱都寄回家了，两个妹妹和一个弟弟等着这笔钱作学费呢，我能养家了，我觉得又辛酸又骄傲……

“那是我第一次离家，我想家，想爸爸，想妈妈，晚上，我把被子蒙了头，一个人偷哭，可是我必须做下去，我需要这份薪水。

“在艺工队，我第一次吃那么好的伙食，每次吃完饭，看到剩菜，我就又会想家，我想，如果可以包了拿回家去吃多好啊，可是，剩菜是要喂猪的。当然把剩菜从左营拿到花莲去也是不可能的，但是，每顿饭，心里还是忍不住地想……

“我喜欢吃肉，很喜欢吃，打猎可以打到的肉像鹿肉、羊肉、飞鼠肉、山猪肉……我都爱吃，山地人大概都爱吃肉，我还爱吃酸的东西，从前山上种的李子，我一吃可以吃一大盆，吃得牙齿都酸倒了，还一直想吃。

“我还爱吃竹筒饭，还有香蕉糕，今天我是临时回家，平时我如果回家，由于这几年家境好了，妈妈总是会把香蕉糕做好，放在冰箱里面。”

唱歌会让女孩变坏？

“有人说，唱歌会让女孩变坏，我很怕，我不要变坏，我小时去过教会，现在，我又找到‘左营国语礼拜堂’，我要保持我自己不变坏。

“从教会回艺工队，路很远，有两次，我一个人走着走着，就碰上跟踪的。”

“你怕不怕？”事隔许多年，我听来还不免紧张。

“怕，我当然怕，听说那条路还出过命案呢。可是，怕也没用，我继续走，走到有宪兵站岗的地方，我就去告诉宪兵，但那人看我去找宪兵，就躲在树丛里，等我走远了，他又跟上来，我想，算了，干脆我自己来对付他好了，我转过身来，心里默默祷告，我大大方方地跟他说：‘我知道，你已经跟了我好久了，你到底要干什么？我叫温梅桂，我在某某地方做事，我也是教会的人，你要是有困难，可以告诉我，我会尽量帮助你。’

“那人呆住了，他大概没想到我会这么做，他结结巴巴地说：‘不是不是，我只是好玩。’说完就赶快走掉了。后来，我又碰到一个船员，我也同样很诚恳很正经地跟他讲话，他也道着歉走开了。”

夜深了，我在灯下看她，这女孩真是出奇地笃定，碰到这种事她居然也能把对方说得回了头，什么人都不能侮辱她，只因为她天生有一种不接受侮辱的性格，她也有一种真诚的说服力，难怪她后来做了传教士。

“你是蜗牛变的！”

“从童年到少年时期有好长一段日子，我一直很苦。

“在家里，我有一个姐姐、两个弟弟和两个妹妹，不知道为什么，我觉得做妈妈的总是爱大孩子，我老觉得姐姐比我得宠得多，他们也爱我弟弟，那也是理所当然的，我弟弟是男孩，他又能干又孝顺，做父母的当然爱他——可惜他前年车祸死了，我为他哭得不能停——总之，我是‘中间的’，我觉得别人都没注意我。

“‘妈妈，我是不是你生的？’有一次，我在焦虑和妒忌之余，这样问妈妈。

“‘不是，’妈妈说，‘有一天，我在芋头叶子底下（山地人一般多种食芋头），找到了一个最大的蜗牛，我把它捡回来，放了一天，它就变成小孩了，那就是你。’

“我那时大概五六岁，听过日本桃太郎的故事，妈妈这样说，我觉得很有道理，原来我不是她生的，怪不得她比较爱姐姐，我也不说什么，有时候，我也去捡几个蜗牛来，眼睛睁得大大地盯着它们看，想看看它们会不会也变成人？

“再大一点，我又去问我的一个阿姨，阿姨笑起来，好像觉得我太笨似的，‘你当然是你妈妈生的啦，人都是妈妈生的！’我这才放了心——可是，我一直是个敏感的、想得多的、好胜心重的孩子。

“现实的压力又大，父母为了贫穷也常吵架，我觉得活着实在没什么意思。有时候，狂风暴雨，我独自在海边淋雨，心里觉得一种很痛苦的痛快。那时我会想，下去吧，死了吧，死了就什么苦都没有了，可是我又模模糊糊知道那是不对的，我当时其实不算真正的基督徒，但我知道我不可以去死，上帝不准，我一定得活着，虽然活着对敏感的我而言，是这么累的一件事。

“那年夏天，我参加了一个布道会，忽然，我整个人都改变了。以前，我听过许多‘教训’，懂得许多‘道理’，但直到那天晚上，我才开始有了‘经历’，讲道的人讲的话好像都是对我讲的，我第一次发现，我活着想到的总是自己，我在自己的小圈子里打转，我想名，我想利，如果得不到，我就痛苦，我因为太爱自己，所以反而把自己弄得那么苦，苦得几乎不想活。

“但那一天，我敞开我的心，我整个人都松下来，千斤重担全没有了，我变成了一个真正的基督徒。

“然后，我立刻有了第一个改变，我要孝顺我的父母，毕竟，人生在世，也就只有那么一个爸爸、一个妈妈，我以前其实也很为家里出力，我从小就帮忙家里挑水劈柴，人比水桶高不了多少，站起来摇来摇去，一路走一路洒，可是我还是把水挑回去了。我劈柴把手劈得起疱，旧疱消了，变成新疱，积成茧，可是，柴，总算被我劈完了。我也帮妈妈洗刷厨房，好让她高兴——可是，我做这些事与其说是孝顺，不如说是好强。但六年前这个夏天，我改变了，我开始可以自自然然地爱我的父母，我居然第一次摆脱贫穷的阴影，我感到非常充实、非常富裕，奇怪，我口袋里并没有多出一毛钱来，可是我满足了，我感到富裕。”

“我要去告诉别人”

“这种饱涨的满足和快乐使我不安起来，我觉得我一定要去告诉别人，我于是作了一个决定：

“从现在起，我不要为自己而生活，我要重新去埔里受一点训练，我一直希望有机会再读一点书，现在果然又可以读书了。孩童时期，我曾经梦想做一个女军官，但现在，我觉得自己正准备做另一种军官，我很快乐，我等着要为上帝也为人做一点事情。”

“在传教士里，你是个怪胎……”我说。

“在学校里，我的信真多，那个学校很保守，他们不知道我搞什么鬼，其实我是因为喜欢跟人接触，朋友多，那时候跟我写信的多半是教过的小孩子。我的未婚夫那时候也跟我通信，他是职业军人，现在是上尉副连长，那时候他读陆军官校，我们通了很多的信，都是正正经经地讨论问题，我们的信，谁要看我都让他看，因为里面什么都没有——”

（哈，这也难怪，一个读军校，一个读圣经书院！）

“后来，”我好奇地打岔，“是怎么进入情况的？”

“那是去年，”她不好意思地笑了，“去年盲肠炎开刀——已经很严重，变成腹膜炎了——我去照顾他，才……”

“他真该感谢那场盲肠炎的！你们五月里订的婚吗？——什么时候结婚？”

“还没有空结婚——”

“忙些什么？”

“长老会安排我巡回，日程满得不得了——”

“你在这种巡回布道之前做什么？”

“我固定在我家附近的那间‘民有教会’当传教士——”

“可是，那是长老会的教会，而你又不是长老会神学院毕业的——”

“长老会起先有点犹疑，不过，民有教会的信徒都很喜欢我，我从小在那里长大的嘛！”

“谁给你生活费？是长老会总会还是信徒？”

“是信徒。这种小地方，信徒又都是农民，教会很穷，可能有人不喜欢去那里，可是，我喜欢那里——那是我自己的教会啊！

“从前，我帮着父亲种田，但做了传教士，很忙，不能再帮忙田里的事了，有些信徒就自动跑去帮我父母种田，我们的田地比以前更丰收了。”

她带我转到屋后的仓库，鼓胀的大麻袋一包叠一包地堆在那里，看着那种收成，让人心里也填得满满的，想说什么，却说不出来。

扯开一个麻袋，她大把抓起带壳的花生，塞到装洗衣粉的那种大袋子里。

“拿去吃，自己种的，你带回去吃吃看！不多，拿得动的！你都带回去！”

“小孩子从椅子中间掉下去啦！”

“我记得小时候，那教堂是木材造的，十几年前木材坏了，翻成现在的水泥的，但是椅子还是旧东西，用了二十年了，我回去一看，钉子都出来了，木板也坏了，坐下去会剐坏人的衣服。还有的木板整个断了，小孩子居然从椅子中间掉下去啦！

“在城市教会，这种几万块的修理费也许不算什么，可是，在我们那里，却太难了，换椅子、粉刷、修理，他们的收入我是知道的，他们哪有这么多钱呢！我自己，当然也没有这笔钱。我心里很急，整天问上帝，有没有什么办法？”

“后来，我就想到了台视的‘五度五关’——如果能赢的话，问题就可以解决了。”

“你的信徒怎么想？”

“他们很赞成，他们知道我是为什么去的——倒是我自己，有点顾忌。我去找张秀美的时候，她也有点为难，一个是传教士，一个是小学老师，两个人一起上电视，人家会怎么想呢？可是，我把那些椅子的情形慢慢地说给她听，我告诉她，我们如果赢了，自己一毛钱也不要拿，她很感动，也就同意了。后来，我每次上台北比赛的时候，信徒都会三百五百地拿出钱来给我去买飞机票。

“那时候，台视派人到花莲来作事前的选拔，去的人很多，我和秀美一个住新城一个住西林，两个人又都忙，没时间练，但好在我们以前曾经同在一个合唱团，有默契。那天，我们连吉他也没带，两个人一路走一路练，本来是五分钟的路，我们却走了十五分钟，这十五分钟就算是我们的练习时间了。到了地方，我们跟别人借了把吉他，抽了个七十七号，唱了支《赏月舞》，就这样开始，一直上去，都很顺利。

“你看，后来，钱来了，房子刷了，凳子换了，”她兴奋地把小教堂的全貌指给我看，“也就这么奇妙，钱不多不少，刚好够用！想起来也真的很感动，到了后来，花莲无论认识的，不认识的都给我加油，最后一次，县长包了车，带着啦啦队，我的亲戚朋友也在里面，大家浩浩荡荡地上台北，我们的胜利变成全花莲父老共同关心的一件事了，连我走在街上，都会有小孩跟着叫：‘温梅桂！温梅桂！’”

“学唱歌？从来没有”

“你什么时候学唱歌的？跟什么人学的？”

“学唱歌？从来没有，就是这样想唱就唱了，山地人好像都爱唱歌，快乐的时候我唱，想哭的时候也唱。我也喜欢乐器，不管风琴、钢琴、吉他、鼓，我都喜欢乱摸，喇叭我也好喜欢，可惜——你看，我的牙齿长成这样（我这才注意到她有两只略暴的门牙，使她笑起来很可爱，像兔宝宝），不方便吹喇叭，当然。我最喜欢的还是人的声音，我还喜欢乱作曲，可是，奇怪，我作过的曲子都找不到了，不知给我塞到哪里去了。”

这女孩，有几分恰到好处的糊涂，她的祖母也是，她老人家到死都没有搞清楚自己几岁，有一说是九十七岁，有一说是七十五岁，不过，反正也活了一辈子了。

“你记忆里面的第一首歌是什么？”

“啊，那主日学教的歌，那时候大概四岁吧？那首歌叫做《我是好宝宝》。”她侧头想了一下歌词，想不顺，“不行，原来我们是一边唱，一边表演的，我现在还是得连唱带跳才记得清楚——你别笑，我跳给你看，真不好意思。”

我是好宝宝，
天天上主日学，
手脚很干净，
指甲剪得短，
坐得很端正，
嘴也不乱讲，
书也读得熟，
字也写得好。

我看着，忍不住笑起来，不是笑她，而是高兴，当年，不知道是哪个可爱的老师教的，现在那小女孩长大了，果真是个干净端正的好女孩。

“后来上幼稚园还有一首我记得特别清楚，我也唱给你听，很好玩哦！”

麻脸先生花下课，
蜜蜂看见以为窝，
飞来飞去飞不进，
原来是个麻哥哥。

“这是教我们种牛痘防天花的歌。”

她表演蜜蜂往脸上钻来钻去的样子使人也想站起来，一起参加表演。我忽然有点怀疑，她的教育，她的宗教，也许全是从唱歌唱出来的，她的半生就是一首首歌的串联。

“有一天，姐姐从保母学校回来（保母学校是专给山地人读的，读了以后一般可以做幼稚园的老师），用一种奇怪的发声法唱了一句‘普世欢腾’。奇怪，我竖着耳朵听，觉得真好听，我当时也不晓得那就是声乐家唱歌的办法，只觉得好听。可是，她只唱了那么一句就没有了（也许她只会那一句），我羡慕得不得了，也跟着学。‘不要唱！’姐姐笑我，‘你唱得好像鸡叫。’我听话地停下来，不唱，等她走开，我再偷唱。在学校合唱团里，我也留心老师怎么唱，可是我不好意思当老师面学，等放学了，回家的路上我一路走一路练，同学都说受不了我。”

“有没有什么声乐家给过你什么评语？”

“没有——哦，只有一次，在我初中的时候，去参加唱歌比赛，我连歌词都唱错了，居然还榜上有名，评审老师说我自然，有感情。

“我其实一直想去学，可是一直没有什么机会……”她说着，眼睛里闪过一种热切的神情。

每个人，都能找到一首歌

我走到院子里去，站在花莲子夜二时干净清爽的星光下，许许多多的故事争先恐后地浮到眼前来。

她没有学过声乐吗？也许是，但没有学过的只是意大利发声法，只是花腔女高音或抒情女高音的唱法。但，至于她学过的东西，却绝不是罗马音乐学院或茱丽亚音乐学院的淑女所能学到的。

在劈柴挑水中，在打稻舂米之际，在扛一袋九十公斤的番薯时，在木梭轻柔拉动时纺织女子轻哼的宽平柔韧的旋律里，在竹筒饭淡淡的清香里，甚至在小学老师蛮不讲理的笞打下，在稚龄养家的痛苦和喜悦中，在太平洋畔任大雨把自己淋得透湿而浑然忘我时……那泰雅尔女孩认真地想过许多事，学过许多事。

然后，她长大了。

透过生命中种种的屈辱和伤痛，她带给我们的竟是甜净纯洁而又喜悦的歌声，谁说她没有学过唱歌？当然，同时学会的，除了歌，还有许多其他的东西。

“五度五关”已经走完，传教的仍回去传教，教书的仍回去教书，拒绝都市、拒绝繁华也是一种权利——虽然是大多数人想不通为什么要放弃的一种权利。

“外婆的妈妈说，是一些红头发的人坐船把我们带到这里来的。”

红头发的是不是荷兰人？启航的地方是不是菲律宾？是哪一年上的船？是哪一年下的岸？所有的泰雅尔人都是红头发的人带来的吗？或者只有他们这一支如此？已经没有人能回答，那问题留给人类学家去伤脑筋好了，要紧的是，大家都已经住在这块土地上，大家要如何找到自己该唱的一首歌？如何跟别人唱得和谐？如何去发觉可以献上自己一份力量的祭坛——

没有人是芋头叶下的蜗牛变的孩子，每一个“人”都是“人”，那女孩终于安心地知道，每个人都是妈妈生的，每个人都能把生命唱成一首不经什么人指导的纯朴动人的歌！

一个歌者必然是一条溪，
不断地汇聚，不断地流布，
常将满腔激越的水声汇向另一个生命的涓流。

生命是一场大的遇合。

母亲的羽衣

讲完了牛郎织女的故事，细看儿子已经垂睫睡去，女儿却犹自瞪着坏坏的眼睛。

忽然，她一把抱紧我的脖子把我赘得发疼：

“妈妈，你说，你是不是仙女变的？”

我一时愣住，只胡乱应道：

“你说呢？”

“你说，你说，你一定要说。”她固执地扳住我不放，“你到底是不是仙女变的？”

我是不是仙女变的？——哪一个母亲不是仙女变的？

像故事中的小织女，每一个女孩都曾住在星河之畔，她们织虹纺霓，藏云捉月，她们几曾烦心挂虑？她们是天神最偏怜的小女儿，她们终日临水自照，惊讶于自己美丽的羽衣和美丽的肌肤，她们久久凝注着自己的青春，被那份光华弄得痴然如醉。

而有一天，她的羽衣不见了，她换上了人间的粗布——她已经决定做一个母亲。有人说她的羽衣被锁在箱子里，她再也不能飞翔了，人们还说，是她丈夫锁上的，钥匙藏在极秘密的地方。

可是，所有的母亲都明白那仙女根本就知道箱子在哪里，她也知道藏钥匙的所在，在某个无人的时候，她甚至会惆怅地开启箱子，用忧伤的目光抚摩那些柔软的羽毛，她知道，只要羽衣一着身，她就会重新回到云端，可是她把柔软白亮的羽毛拍了又拍，仍然无声无息地关上箱子，藏好钥匙。

是她自己锁住那身昔日的羽衣的。

她不能飞了，因为她已不忍飞去。

而狡黠的小女儿总是偷窥到那藏在母亲眼中的秘密。

许多年前，那时我自己还是一个小女孩，我总是惊奇地窥伺着母亲。

她在口琴背上刻了小小的两个字——“静鸥”，那里面有什么故事吗？那不是母亲的名字，却是母亲名字的谐音，她也曾梦想过自己是一只静栖的海鸥吗？她不怎么会吹口琴，我甚至想不起她吹过什么好听的歌，但那名字对我而言是母亲神秘的羽衣，她轻轻写那两个字的时候，她可以立刻变了一个人，她在那名字里是另外一个我所不认识的有翅的什么。

母亲晒箱子的时候是她另外一种异常的时刻，母亲似乎有好些东西，完全不是拿来用的，只为放在箱底，按时年年在三伏天取出来曝晒。

记忆中母亲晒箱子的时候就是我兴奋欲狂的时候。

母亲晒些什么？我已不记得，记得的是樟木箱又深又沉，像一个混沌黝黑初生的宇宙，另外还记得的是阳光下竹竿上富丽夺人的颜色，以及怪异却又严肃的樟脑味，以及我在母亲喝禁声中东摸摸西探探的快乐。

我唯一真正记得的一件东西是幅漂亮的湘绣被面，雪白的缎子上，绣着兔子和翠绿的小白菜，和红艳欲滴的小杨花萝卜，全幅上还绣了许多别的令人惊讶赞叹的东西，母亲一面整理，一面会忽然回过头来说：“别碰，别碰，等你结婚就送给你。”

我小的时候好想结婚，当然也有点害怕，不知为什么，仿佛所有的好东西都是等结了婚就自然是我的了，我觉得一下子有那么多好东西也是怪可怕的事。

那幅湘绣后来好像不知怎么就消失了，我也没有细问。对我而言，那么美丽得不近真实的东西，一旦消失，是一件合理得不能再合理的事。譬如初春的桃花，深秋的枫红，在我看来都是美丽得违了规的东西，是茫茫大化一时的错误，才胡乱把那么多的美堆到一种东西上去，桃花理该一夜消失的，不然岂不教世人都疯了？

湘绣的消失对我而言简直就是复归大化了。

但不能忘记的是母亲打开箱子时那份欣悦自足的表情，她慢慢地看着那幅湘绣，那时我觉得她忽然不属于周遭的世界，那时候她会忘记晚饭，忘记我扎辫子的红绒绳。她的姿势细想起来，实在是仙女依恋地轻抚着羽衣的姿势，那里有一个前世的记忆，她又快乐又悲哀地将之一一拾起，但是她也知道，她再也不会去拾起往昔了——唯其不会重拾，所以回顾的一刹那更特别的深情凝重。

除了晒箱子，母亲最爱回顾的是早逝的外公对她的宠爱，有时她胃痛，卧在床上，要我把头枕在她的胃上，她慢慢地说起外公。外公似乎很舍得花钱（当然也因为有钱），总是带她上街去吃点心，她总是告诉我当年的肴肉和汤包怎么好吃，甚至煎得两面黄的炒面和女生宿舍里早晨订的冰糖豆浆（母亲总是强调“冰糖”豆浆，因为那是比“砂糖”豆浆更为高贵的），都是超乎我想象力之外的美味，我每听她说那些事的时候，都惊讶万分——我无论如何不能把那些事和母亲联想在一起。我从有记忆起，母亲就是一个吃剩菜的角色，红烧肉和新炒的蔬菜简直就是理所当然地放在父亲面前的，她自己的面前永远是一盘杂拼的剩菜和一碗“擦锅饭”（擦锅饭就是把剩饭在炒完菜的剩锅中一炒，把锅中的菜汁都擦干净了的那种饭），我简直想不出她不吃剩菜的时候是什么样子。

而母亲口里的外公、上海、南京、汤包、肴肉全是仙境里的东西，母亲每讲起那些事，总有无限的温柔，她既不感伤，也不怨叹，只是那样平静地说着。她并不要把那个世界拉回来，我一直都知道这一点，我很安心，我知道下一顿饭她仍然会坐在老地方，吃那盘我们大家都不爱吃的剩菜。而到夜晚，她会照例一个门一个窗地去检点去上闩。她一直都负责把自己牢锁在这个家里。

哪一个母亲不曾是穿着羽衣的仙女呢？只是她藏好了那件衣服，然后用最黯淡的一件粗布把自己掩藏了，我们有时以为她一直就是那样的。

而此刻，那刚听完故事的小女儿鬼鬼地在窥伺着什么？

她那么小，她何由得知？她是看多了卡通，听多了故事吧？她也发现了什么吗？

是在我的集邮本偶然被儿子翻出来的那一刹那吗？是在我拣出石涛画册或汉碑并一页页细味的那一刻吗？是在我猛然回首听他们弹一阕熟悉的钢琴练习曲的时候吗？抑是在我带他们走过年年的春光，不自主地驻足在杜鹃花旁或流苏树下的一瞬间吗？

或是在我动容地托住父亲的勋章或童年珍藏的北平画片的时候，或是在我翻拣夹在大字典里的干叶之际，或是在我轻声地教他们背一首唐诗的时候……

是有什么语言自我眼中流出呢？是有什么音乐自我腕底泻过吗？为什么那小女孩会问道：

“妈妈，你是不是仙女变的呀？”

我不是一个和千万母亲一样安分的母亲吗？我不是把属于女孩的羽衣收折得极为秘密吗？我在什么时候泄漏了自己呢？

在我的书桌底下放着一个被人弃置的木质砧板，我一直想把它挂起来当一幅画，那真该是一幅庄严的画，那样承受过万万千千生活的刀痕和凿印的，但不知为什么，我一直也没有把它挂出来……

天下的母亲不都是那样平凡不起眼的一块砧板吗？不都是那样柔顺地接纳了无数尖锐的割伤却默无一语的砧板吗？

而那小女孩，是凭什么神秘的直觉，竟然会问我：

“妈妈？你到底是不是仙女变的？”

我掰开她的小手，救出我被吊得酸麻的脖子，我想对她说：

“是的，妈妈曾经是一个仙女，在她做小女孩的时候，但现在，她不是了，你才是，你才是一个小小的仙女！”

但我凝注着她晶亮的眼睛，只简单地说了一句：

“不是，妈妈不是仙女，你快睡觉。”

“真的？”

“真的！”

她听话地闭上了眼睛，旋又不放心地睁开：

“如果你是仙女，也要教我仙法哦！”

我笑而不答，替她把被子掖好，她兴奋地转动着眼珠，不知在想什么。

然后，她睡着了。

故事中的仙女既然找回了羽衣，大约也回到云间去睡了。

风睡了，鸟睡了，连夜也睡了。

我守在两张小床之间，久久凝视着他们的睡容。

许仕林的独白

献给那些暌违母颜比十八年更长久的天涯之人

驻马自听

我的马将十里杏花跑成一掠眼的红烟，娘！我回来了！

那尖塔戳得我的眼疼，娘，从小，每天，它嵌在我的窗里，我的梦里，我寂寞童年唯一的风景，娘。

而今，新科的状元，我，许仕林，一骑白马一身红袍来拜我的娘亲。

马踢起大路上的清尘，我的来处是一片雾，勒马蔓草间，一垂鞭，前尘往事，都到眼前。我不需有人讲给我听，只要溯着自己一身的血脉往前走，我总能遇见你，娘。

而今，我一身状元的红袍，有如十八年前，我是一个全身通红的赤子，娘，有谁能撕去这袭红袍，重还我为赤子？有谁能抟我为无知的泥，重回你的无垠无限？

都说你是蛇，我不知道，而我总坚持我记得十月的相依，我是小渚，在你初暖的春水里被环护，我抵死也要告诉他们，我记得你乳汁的微温。他们总说我只是梦见，他们总说我只是猜想，可是，娘，我知道我是知道的，我知道你的血是温的，泪是烫的，我知道你的名字是“母亲”。

而万古乾坤，百年身世，我们母子就那样缘薄吗？才甫一月，他们就把你带走了。有母亲的孩子可聆母亲的音容，没母亲的孩子可依向母亲的坟头，而我呢，娘，我向何处破解恶狠的符咒？

有人将中国分成江南江北，有人把领域划成关内关外，但对我而言，娘，这世界被截成塔底和塔上。塔底是千年万世的黝黑混沌，塔外是荒凉的日光，无奈的春花和忍情的秋月……

塔在前，往事在后，我将前去祭拜，但，娘，此刻我徘徊伫立，十八年，我重溯断了的脐带，一路向你泅去，春阳暖暖，有一种令人没顶的怯惧，一种令人没顶的幸福。塔牢牢地楔死在地里，像以往一样牢，我不敢相信你驮着它有十八年之久，我不能相信，它会永永远远镇住你。

十八年不见，娘，你的脸会因长期的等待而萎缩干枯吗？有人说，你是美丽的，他们不说我也知道。

认　取

你的身世似乎大家约好了不让我知道，而我是知道的，当我在井旁看一个女子汲水，当我在河畔看一个女子洗衣，当我在偶然的一瞥间看见当窗绣花的女孩，或在灯下衲鞋的老妇，我的眼眶便乍然湿了。娘，我知道你正化身千亿，向我絮絮地说起你的形象。娘，我每日不见你，却又每日见你，在凡间女子的颦眉瞬目间，将你一一认取。

而你，娘，你在何处认取我呢？在塔的沉重上吗？在雷峰夕照的一线酡红间吗？在寒来暑往的大地腹腔的脉动里吗？

是不是，娘，你一直就认识我，你在我无形体时早已知道我，你从茫茫大化中拼我成形，你从冥漠空无处抟我成体。

而在峨嵋山，在竞绿赛青的千岩万壑间，娘，是否我已在你的胸臆中。当你吐纳朝霞夕露之际，是否我已被你所预见？我在你曾仰视的霓虹中舒昂，我在你曾倚以沉思的树干内缓缓引升，我在花，我在叶，当春天第一棵小草冒地而生并欢呼时，你听见我。在秋后零落断雁的哀鸣里，你分辨我，娘，我们必然从一开头就是彼此认识的。娘，真的，在你第一次对人世有所感有所激的刹那，我潜在你无限的喜悦里，而在你有所怨有所叹的时分，我藏在你的无限凄凉里，娘，我们必然是从一开头就彼此认识的，你能记忆吗？娘，我在你的眼，你的胸臆，你的血，你的柔和如春浆的四肢。

湖

娘，你来到西湖，从叠烟架翠的峨嵋到软红十丈的人间，人间对你而言是非走一趟不可的吗？但里湖、外湖、苏堤、白堤，娘，竟没有一处可堪容你，千年修持，抵不了人间一字相传的血脉姓氏，为什么人类只许自己修仙修道，却不许万物修得人身跟自己平起平坐呢？娘，我一页一页地翻圣贤书，一个一个地去阅人的脸，所谓圣贤书无非要我们做人，但为什么真的人都不想做人呢？娘啊！阅遍了人和书，我只想长哭，娘啊，世间原来并没有人跟你一样痴心地想做人啊！岁岁年年，大雁在头顶的青天上反复指示“人”字是怎么写的，但是，娘，没有一个人在看，更没有一个人看懂了啊！

南屏晚钟，三潭印月，曲院风荷，文人笔下西湖是可以有无限题咏的。冷泉一径冷着，飞来峰似乎想飞到哪里去，西湖的游人万千，来了又去了，谁是坐对大好风物想到人间种种就感激欲泣的人呢，娘，除了你，又有谁呢？

雨

西湖上的雨就这样来了，在春天。

是不是从一开头你就知道和父亲注定不能天长日久做夫妻呢？茫茫天地，你只死心塌地眷着伞下的那一刹那温情。湖色千顷，水波是冷的，光阴百代，时间是冷的。然而一把伞，一把紫竹为柄的八十四骨的油纸伞下，有人跟人的聚首，伞下有人世的芳馨，千年修持是一张没有记忆的空白，而伞下的片刻却足以传诵千年。娘，从峨嵋到西湖，万里的风雨雷雹何尝在你意中，你所以眷眷于那把伞，只是爱与那把伞下的人同行，而你心悦那人，只是因为你爱人世，爱这个温柔绵缠的人世。

而人间聚散无常，娘，伞是聚，伞也是散，八十四支骨架，每一支都可能骨肉撕离。娘啊！也许一开头你就是都知道的，知道又怎样，上天下地，你都敢去较量，你不知道什么叫生死，你强扯一根天上的仙草而硬把人间的死亡扭成生命，金山寺一斗，胜利的究竟是谁呢，法海做了一场灵验的法事，而你，娘，你传下了一则喧腾人间的故事。人世的荒原里谁需要法事？我们要的是可以流传百世的故事，可以乳养生民的故事，可以辉耀童年的梦寐和老年的记忆的故事。

而终于，娘，绕着那一湖无情的寒碧，你来到断桥，斩断情缘的断桥。

故事从一湖水开始，也向一湖水结束，娘，峨嵋是再也回不去了。在断桥，一场惊天动地的婴啼，我们在彼此的眼泪中相逢，然后，分离。

合　钵

一只钵，将你罩住，小小的一片黑暗竟是你而今而后头上的苍穹。娘，我在噩梦中惊醒千回，在那份窒息中挣扎。都说雷峰塔会在夕照里，千年万世，只为镇一个女子的情痴，娘，镇得住吗？我是不信的。

世间男子总以为女子一片痴情，是在他们身上，其实女子所爱的哪里是他们，女子所爱的岂不也是春天的湖山，山间的晴岚，岚中的万紫千红，女子所爱的是一切好气象、好情怀，是她自己一寸心头万顷清澈的爱意，是她自己也说不清道不尽的满腔柔情。像一朵菊花的“抱香枝头死”，一个女子紧紧怀抱的是她自己亮烈美丽的情操，而一只法海的钵能罩得住什么？娘，被收去的是那桩婚姻，收不去的是属于那婚姻中的恩怨牵挂，被镇住的是你的身体，不是你的着意飘散如暮春飞絮的深情。

——而即使身体，娘，他们也只能镇住少部分的你，而大部分的你却在我身上活着。是你的傲气塑成我的骨，是你的柔情流成我的血。当我呼吸，娘，我能感到属于你的肺纳，当我走路，我想到你在这世上的行迹。娘，法海始终没有料到，你仍在西湖，在千山万水间自在地观风望月并且读圣贤书，想天下事，与万千世人摩肩接踵——借一个你的骨血揉成的男孩，借你的儿子。

不管我曾怎样凄伤，但一想起这件事，我就要好好活着，不仅为争一口气，而更为赌一口气！娘，你会赢的，世世代代，你会在我和我的孩子身上活下去。

祭　塔

而娘，塔在前，往事在后，十八年乖隔，我来此只求一拜——人间的新科状元，头簪宫花，身着红袍，要把千种委屈，万种凄凉，都并作纳头一拜。

娘！
那豁然撕裂的是土地吗？
那倏然崩响的是暮云吗？
那颓然而倾斜的是雷峰塔吗？
那哽咽垂泣的是娘，你吗？
是你吗？娘，受孩儿这一拜吧！

你认识这一身通红吗？十八年前是红通通的赤子，而今是宫花红袍的新科状元许仕林。我多想扯碎这一身红袍，如果我能重还为你当年怀中的赤子，可是，娘，能吗？

当我读人间的圣贤书，娘，当我援笔为文论人间事，我只想到，我是你的儿，满腔是温柔激荡的爱人世的痴情。而此刻，当我纳头而拜，我是我父之子，来将十八年的亏疚无奈并作惊天动地的一叩首。

且将我的额血留在塔前，作一朵长红的桃花：笑傲朝霞夕照，且将那崩然有声的头颅击打大地的声音化作永恒的暮鼓，留给法海听，留给一骇而倾的塔听。

人间永远有秦火焚不尽的诗书，法钵罩不住的柔情，娘，唯将今夕的一凝目，抵十八年数不尽的骨中的酸楚，血中的辣辛，娘！

终有一天雷峰会倒，终有一天尖耸的塔会化成飞散的泥尘，长存的是你对人间那一点执拗的痴！

当我驰马而去，当我在天涯地角，当我歌，当我哭，娘，我忽然明白，你无所不在地临视我，熟知我，我的每一举措于你仍是当年的胎动，扯你，牵你，令你惊喜错愕，令你隔着大地的腹部摸我，并且说："他正在动，他正在动，他要干什么呀？"

让塔骤然而动，娘，且受孩儿这一拜！

后记：许仕林是故事中白素贞和许仙的儿子，大部分的叙述者都只把情节说到"合钵"为止，平剧（即京剧——编注）中《祭塔》一段也并不经常演出，但我自己极喜欢这一段，我喜欢那种利剑斩不断、法钵罩不住的人间牵绊，本文试着细细表出许仕林叩拜囚在塔中的母亲的心情。

飞光飞光，劝尔一杯酒，
吾不识青天高，黄地厚，
唯见月寒日暖，来煎人寿。

我　在

记得是小学三年级，偶然生病，不能去上学。于是抱膝坐在床上，望着窗外寂寂青山、迟迟春日，心里竟有一份巨大幽沉至今犹不能忘的凄凉。当时因为小，无法对自己说清楚那番因由，但那份痛，却是记得的。

为什么痛呢？现在才懂，只因你知道，你的好朋友都在那里，而你偏不在，于是你痴痴地想，他们此刻在操场上追追打打吗？他们在教室里挨骂吗？他们到底在干什么啊？不管是好是歹，我想跟他们在一起啊！一起挨骂挨打都是好的啊！

于是，开始喜欢点名，大清早，大家都坐得好好的，小脸还没有开始脏，小手还没有汗湿，老师说：

“×××”

“在！”

正经而清脆，仿佛不是回答老师，而是回答宇宙乾坤，告诉天地，告诉历史，说，有一个孩子“在”这里。

回答“在”字，对我而言总是一种饱满的幸福。

然后，长大了，不必被点名了，却迷上旅行。每到山水胜处，总想举起手来，像那个老是睁着好奇圆眼的孩子，回一声：

“我在。”

“我在”和“某某到此一游”不同，后者张狂跋扈，目无余子，而说“我在”的仍是个清晨去上学的孩子，高高兴兴地回答长者的问题。

其实人与人之间，或为亲情或为友情或为爱情，哪一种亲密的情谊不是基于我在这里，刚好，你也在这里的前提？一切的爱，不就是“同在”的缘分吗？就连神明，其所以为神明，也无非由于“昔在、今在、恒在”，以及“无所不在”的特质。而身为一个人，我对自己“只能出现于这个时间和空间的局限”感到另一种可贵，仿佛我是拼图板上扭曲奇特的一块小形状，单独看，毫无意义，及至恰恰嵌在适当的时空，却也是不可少的一块。天神的存在是无始无终浩浩莽莽的无限，而我是此时此际此山此水中的有情和有觉。

有一年，和丈夫带着一团的年轻人到美国和欧洲去表演，我坚持选崔颢的《长干曲》作为开幕曲，在一站复一站的陌生城市里，舞台上碧色绸子抖出来粼粼水波，唐人乐府悠然导出：

君家何处住？妾住在横塘。

停船暂借问，或恐是同乡。

渺渺烟波里，只因错肩而过，只因你在清风我在明月，只因彼此皆在这地球，而地球又在太虚，所以不免停舟问一句话，问一问彼此隶属的籍贯，问一问昔日所生、他年所葬的故里。那年夏天，我们也是这样一路去问海外中国人的隶属所在的啊！

《旧约》里记载了一则三千年前的故事，那时老先知以利因年迈而昏聩无能，坐视宠坏的儿子横行。小先知撒母耳却仍是幼童，懵懵懂懂地穿件小法袍在空旷的大圣殿里走来走去。然而，事情发生了，有一夜他听见轻声的呼唤：

“撒母耳！”

他虽瞌睡却是个机警的孩子，跳起来，便跑到老以利面前：

“你叫我，我在这里！”

“我没有叫你，”老态龙钟的以利说，“你去睡吧！”

孩子去躺下，他又听到相同的叫唤：

“撒母耳！”

“我在这里，是你叫我吗？”他又跑到以利跟前。

“不是，我没叫你，你去睡吧。”

第三次他又听见那召唤的声音，小小的孩子实在给弄糊涂了，但他仍然尽快跑到以利面前。

老以利蓦然一惊，原来孩子已经长大了，原来他不是小孩子梦里听错了话，不，他已听到第一次天音，他已面对神圣的召唤。虽然他只是一个弱的小孩，虽然他连什么是“天之钟命”也听不懂，可是，旧时代毕竟已结束，少年英雄会受天承运挑起八方风雨。

“小撒母耳，回去吧！有些事，你以前不懂，如果你再听到那声音，你就说：‘神啊！请说，我在这里。’”

撒母耳果真第四度听到声音，夜空烁烁，廊柱耸立如历史，声音从风中来，声音从星光中来，声音从心底的潮声中来，来召唤一个孩子。撒母耳自此至死，一直是个威仪赫赫的先知，只因多年前，当他还是稚童的时候，他答应了那声呼唤，并且说："我，在这里。"

我当然不是先知，从来没有想做"救星"的大志，却喜欢让自己是一个"紧急待命"的人，随时能说"我在，我在这里"。

这辈子从来没喝得那么多，大约是一瓶啤酒吧，那是端午节的晚上，在澎湖的小离岛。为了纪念屈原，渔人那一天不出海，小学校长陪着我们和家长会的朋友吃饭，对于仰着脖子的敬酒者你很难说"不"。他们喝酒的样子和我习见的学院人士大不相同，几杯下肚，忽然红上脸来，原来酒的力量竟是这么大的。起先，那些宽阔黧黑的脸不免不自觉地有一份面对台北人和读书人的卑抑，但一喝了酒，竟人人急着说起话来，说他们没有淡水的日子怎么苦，说淡水管如何修好了又坏了，说他们宁可倾家荡产，也不要天天开船到别的岛上去搬运淡水……

而他们嘴里所说的淡水，在台北人看来，也不过是咸涩难咽的怪味水罢了——只是于他们却是遥不可及的美梦。

我们原来只是想去捐书，只是想为孩子们设置阅览室，没有料到他们红着脸粗着脖子叫嚷的却是水！这个岛有个好听的名字，叫鸟屿，岩岸是美丽的黑得发亮的玄武石组成的。浪大时，水珠会跳过教室直落到操场上来，澄莹的蓝波里有珍贵的丁香鱼，此刻餐桌上则是酥炸的海胆、鲜美的小鳝……然而这样一个岛，却没有淡水……

我能为他们做什么？在同盏共饮的黄昏，也许什么都不能，但至少我在这里，在倾听，在思索我能做的事……

读书，也是一种“在”。

有一年，到图书馆去，翻一本《春在堂笔记》，那是俞樾先生的集子，红绸精装的封面，打开封底一看，竟然从来也没人借阅过，真是“古来圣贤皆寂寞”啊！心念一动，便把书借回家去。书在，春在，但也要读者在才行啊！我的读书生涯竟像某些人玩“碟仙”，仿佛面对作者的精魄。对我而言，李贺是随召而至的，悲哀悼亡的时刻，我会说：“我在这里，来给我念那首《苦昼短》吧！念‘吾不识青天高，黄地厚，唯见月寒日暖，来煎人寿’。”读那首韦应物的《调笑令》的时候，我会轻轻地念：“胡马胡马，远放燕支山下。跑沙跑雪独嘶，东望西望路迷。迷路迷路，边草无穷日暮。”一面觉得自己就是那从唐朝一直狂驰至今不停的战马，不，也许不是马，只是一股激情，被美所迷，被莽莽黄沙和胭脂红的落日所震慑，因而心绪万千，不知所止的激情。

看书的时候，书上总有绰绰人影，其中有我，我总在那里。

《旧约·创世记》里，堕落后的亚当在凉风乍至的伊甸园把自己藏匿起来。

上帝说：

“亚当，你在哪里？”

他噤而不答。

如果是我，我会走出，说：

“上帝，我在，我在这里，请你看着我，我在这里。不比一个凡人好，也不比一个凡人坏，我有我的逊顺祥和，也有我的叛逆凶戾，我在我无限的求真求美的梦里，也在我脆弱不堪一击的人性里。上帝啊，俯察我，我在这里。”

“我在”，意思是说我出席了，在生命的大教室里。

几年前，我在山里说过的一句话容许我再说一遍，作为终响：

“树在。山在。大地在。岁月在。我在。你还要怎样更好的世界？”

每一棵树是一瓶久贮的香膏，
一经启封，就香得不可收拾。
每一痕年轮是一篇古赋，
耐得住最仔细的吟读。

第三部分

春日二则

春日二则

美丽的计时单位

唐宫中，以女工揆日之长短，冬至后，日晷渐长，比常日增一线之工。

——《唐杂录》

何人却忆穷愁日，日日愁随一线长。

——《杜甫至日遣兴诗》

如果要计算白昼，以什么为单位呢？如果我们以“水银柱上升一毫米”来计大气压，以“摄氏四度时一立方公寸”纯水之重为一公斤来计重量，那么，拿什么来数算光耀如银的白昼呢？

唐代宫中的女子曾发明了一个方法，她们用线来数算。冬至以后，白昼一天比一天长，做女红的女子便每日多加一根线。

想花腾日暄之际，多少素手对着永昼而怔怔，每扎下一针脚，都是无亿量劫中的一个刹那啊！每悠然一引线，岂不也是生生世世情长意牵中的一段完成吗？长安城里的丽人绣罢腊梅绣牡丹，直绣到一一风荷举。山乡水廓的妇人或工于织缣或工于织素，直织到经冬复历春。中国的女子把一缕缕柔长的丝线来作为量度白昼的单位，多美丽的计时单位啊！

中国的男人也有类似的痴心，歌谣里男子急急地唱道：

“拴住太阳好干活啊！”

唱歌的人想必是看着未插完的秧田或割不完的大麦而急得不讲理起来的吧？疯狂的庄稼汉竟是蛮不知累的，累倒的反是太阳，它竟想先收工了。拴住它啊！别让那偷懒的小坏蛋跑了，但是拴太阳要拿什么来拴呢？总不是闺阁中的绣线吧。想来该是牵牛的粗绳了。

想迟迟春日，或陌上或栏畔，多少中国女子的手用一根根日渐加多的线系住明亮的昼光，多少男子的手用长绳甩套西天的沉红，套住系住以后干什么，也没有干什么，纯朴的人并无意再耽溺一番“如花美眷，似水流年”的自怜自惜，他们只是简单地想再多做一点工作，再留下一点点痕迹。

至于我呢？我是一个喜欢单位的女子——没有单位，数学就不存在了，我愿以脚为单位去丈量茫茫大地（《说文》：六尺为步，步百为亩，秦改二百四十步为亩），我愿以手为单位去计度咫尺天涯（《说文》：咫八寸，尺十寸，咫指中等身高妇人之手长），我也愿以一截一截的丝线去数算明亮的春昼，原来数学上的单位也可以是这样美丽的。

留憾的是：不知愁山以何物计其净重，恨海以何器量其容积，江南垂柳绿的程度如何刻表？洛阳牡丹浓红的数据如何书明？欲望有其标高吗？绝情有其硬度吗？酒可以计其酒精比，但愁醉呢？灼伤在皮肤医学上可以分度，但悲烈呢？地震有级，而一颗心所受的摧折呢？唉！数学毕竟有所不及啊！

何谓春天

那故事是真的，爸爸说给我听的。

那时候，中日战争已经打起来了，政府迁到汉口，是一九三八年左右吧？蒋先生在南岳衡山召开一个大会，讨论许多事情，其中军医署也来了，会中决定令军医署的人立刻着手准备明年春季的医疗。

会后，公文一层层转下去，不知怎的，竟转到一位死心眼的朋友手上，他反问了一句：

“春天？请问何谓春天？”

问得好！他的主管一时也愣住了，的确，如果连春天都解释不出来，又怎能克日计时完成春季医疗准备？于是一纸公文，带着这不知该算正经还是该算逗趣的问句，一关关旅行，公文直走了七关，终于收集了许多学者专家的“春天之定义”，其中劳动了“军政部”“军委会”“国民政府”“科学研究院”等一个个正襟危坐的机关，得到如下不同的答案。

解释之一说：应该指阴历正、二、三月。

解释之二说：应该从立春日算起。

解释之三说：应指阳历一、二、三月。

解释之四说：应指阳历二、三、四月。

解释之五说：从天文学上行星位置来看。

解释之六说：从地理学上平均温度来看。

解释之七说：应该可以参照西洋对于 Spring 的说法。

…………

那事后来不知如何了结的，想想，原来公文往返之际也有如此动人的事，遥想那时我尚未出生，战争正进行，血流正殷，五岳正枯坐相望，南岳衡山的一番风云盛会之后竟惹出了这么淡淡的一句反问，算来，也该是万里烽烟中的一纶琴音，在四方杀伐声中的一句柔美的唠叨。

然而，对始于犹豫而终于逃遁的春天该如何定义？我一直还没有找到。

我不知道怎样回答

有些时候，我不知怎样回答那些问题，可是……

* * *

有一次，经过一家木材店，忽然忍不住为之伫足了。秋阳照在那一片粗糙的木纹上，竟像炒栗子似的，爆出一片干燥郁烈的芬芳，我在那样的香味里回到了太古，我恍惚可以看到遮天蔽日的原始森林，我看到第一个人类以斧头斫向擎天的绿意，一斧下去，木香争先恐后地喷向整个森林，那人几乎为之一震。每一棵树是一瓶久贮的香膏，一经启封，就香得不可收拾。每一痕年轮是一篇古赋，耐得住最仔细的吟读。

店员走过来，问我要买什么木料，我不知怎样回答。我可能愚笨地摇摇头。我要买什么？我什么都不缺，我拥有一街晚秋的阳光，以及免费的沉实浓馥的香味。要快乐，所需要的东西是多么出人意料的少啊！

*　*　*

我七岁那年，在南京念小学，我一直记得我们的校长。二十五年之后我忽然知道她在台北一个五专做校长，我决定去看看她。

校警把我拦住，问我找谁，我回答了他，他又问我找她干什么？我忽然支吾而不知所答，我找她干什么？我怎样使他了解我“不干什么”，我只是冲动地想看看二十五年前升旗台上一个亮眼的回忆，我只想把二十五年来还没有忘记的校歌背给她听，并且想问问她当年因为幼小而唱走了音的是什么字——这些都算不算事情呢？

一个人找一个人必须要“有事”吗？我忽然感到悲哀起来。那校警后来还是把我放了进去，我见到我久违了四分之一世纪的一张脸，我更爱她——因为我自己也已经做了十年的老师，她也非常讶异而快乐，能在灾劫之余一同活着一同燃烧着，是一件可惊可叹的事。

*　*　*

儿子七岁了，忽然出奇地想建树他自己。有一天，我要他去洗手，他拒绝了。

“我为什么要洗手？”

“洗手可以干净。”

“干净又怎么样？不干净又怎么样？”他抬起调皮的晶亮眼睛。

“干净的小孩才有人喜欢。”

“有人喜欢又怎么样？没有人喜欢又怎么样？”

“有人喜欢将来才能找个女朋友啊？”

“有女朋友又怎么样，没有女朋友又怎么样？”

“有女朋友才能结婚啊！”

“结婚又怎么样？不结婚又怎么样？”

“结婚才能生小娃娃，妈妈才有小孙子抱哪！”

“有孙子又怎么样？没有孙子又怎么样？”

我知道他简直为他自己所新发现的句子构造而着迷了，我知道那只是小儿的戏语，但也不由得不感到一阵生命的悲凉，我对他说：

“不怎么样！”

“不怎么样又怎么样？怎么样又怎么样？”

我在瞠目不知所对中感到一种敬意，他在成长，他在强烈地想要建树起他自己的秩序和价值，我感到一种生命深处的震动。

虽然我不知道怎样回答他的问题，虽然我不知道用什么方法使一个小男孩喜欢洗手，但有一件事我们彼此都知道，我仍然爱他，他也仍然爱我，我们之间仍然有无穷的信任和尊敬。

生命，以什么单位计量

这是一家小店铺，前面做门市，后面住家。

星期天早晨，老板娘的儿子从后面冲出来，对我大叫一句：

“我告诉你，我的电动玩具比你多！”

我不知道他在跟谁说话，四面一看，店里只我一人，我才发现，这孩子在跟我作现代版的“石崇斗富”。

“你的电动玩具都是小的，我的，是大的！”小孩继续叫阵。

老天爷，这小孩大概太急于压垮人，于是饥不择食，居然来单挑我，要跟我比电动玩具的质和量。我难道看起来会像一个玩电动玩具的小孩吗？我只得苦笑了。

他其实是个蛮清秀的小孩，看起来也聪明机灵，但他为什么偏偏要找人比电动玩具呢？

“我告诉你，我根本没有电动玩具！”我弯腰跟那小孩说，“一个也没有，大的也没有，小的也没有——你不用跟我比，我根本就没有电动玩具，告诉你，我一点也不喜欢电动玩具。”

小孩目瞪口呆地望着我，正在这时候，小孩的爸爸在里面叫他：

“回来，不要烦客人。”

（奇怪的是他只关心有没有哪一宗生意被这小鬼吵掉了，他完全没想到说这种话的儿子已经很有毛病了。）

我不能忘记那小孩惊奇不解的眼神。大概，这正等于你驰马行过草原有人拦路来问：

“远方的客人啊，请问你家有几千骆驼？几万牛羊？”

你说：

“一只也没有，我没有一只骆驼、一只牛、一只羊，我连一只羊蹄也没有！”

又如雅美人问你：“你近年有没有新船下水？下水礼中你有没有准备够多的芋头？”你却说：

“我没有船，我没有猪，我没有芋头！”

这是一个奇怪的世界，计财的方法或用骆驼或用芋头，或用田地，或用妻妾，至于黄金、钻石、房屋、车子、古董——都是可以计算的单位。

这样看来，那孩子要求以电动玩具和我比画，大概也不算极荒谬吧！

可是，我是生命，我的存在既不是“架”“栋”“头”“辆”，也不是“亩”“艘”“匹”“克拉”等等单位所可以称量评估的啊！

我是我，不以公斤，不以公分，不以智商，不以学位，不以畅销的“册数”。我，不纳入计量单位。

母亲·姓氏·籍贯·作家

儿子小时，大约三四岁，一个人到家门口的公园去玩。有人来问他籍贯，他说："我是湖南人，我妹妹也刚好是湖南人，我的爸爸和爷爷、奶奶都是湖南人，只有我妈妈是江苏人。"

他那时大概把籍贯看成某种血型，他们全属于一个整体，而妈妈很奇怪，她是另类。

这个笑话在我们家笑了很多次，但每次笑的时候，我都悄悄生疼，从每一寸肌肤、每一节骨骸。

我有个同学，她说她母亲当年结婚时最强烈的感觉便是"单刀赴会"。形容得真是孤凄悲壮，让人想起"风萧萧兮易水寒，淑女一去兮不复还"。父系中心的社会，结构完整严密，容不得女子有什么属于她自己的面目，我的儿子并不知道他除了姓林，也该姓二分之一的张，籍贯则除了是湖南长沙，也包含江苏徐州。

母亲生养了孩子，但是她容许孩子去从父姓。其实姓什么并不重要，生命的传递才是重点，正如莎士比亚说的：

“我们所谓的玫瑰，如果换个名字，不也一样芳香吗？”

可贵的是生命，是内在的气息，而不是顶在头上的姓氏或籍贯。

晚明清初，有本书写得极好，叫《陶庵梦忆》。顾名思义，作者当然应该姓陶。其实不然，作者的名字叫张岱。为什么姓张的人却号陶庵呢？简单地说，就是作者在从事怀旧的、委婉的书写之际，不自觉地了解到自己也有属于母亲的、属于女性的一面。而他的母亲姓陶，他就自号“陶庵”。

也许只有那颗纤细的敏感的作者之心，才会使他向母亲的姓氏投靠。

张岱的情况更特别一些，他是遗民，身经亡国之痛。他勉强活下来，是因为想用余年去追述一个华美的、消失了的王朝。他渴望为逝去的朝代作见证并尽孝道，大明朝是他的父亲，也是他的母亲。

出生于二十世纪初的英国剧作家弗雷（写过*The Lady's not for Burning*）把自己的姓和宗教，都改成了外婆的，他本姓哈里斯，十八岁才改的。

近代作者中直截了当用笔名来表达皈依母亲之忱的便是鲁迅了。鲁迅原姓周，叫周树人，与周作人是兄弟，并享盛名。鲁迅算是第一个写现代小说的作者，有趣的是他的小说背景永远绕着鲁镇打转，“鲁”是周树人母亲的姓，他选择这个姓来作自己的笔名，似乎有意向父系社会的姓氏制度挑战。一生下来便已被命名为周树人是他无法抗议的，但当他有机会给自己安排一个新名字，他便选择姓母亲的鲁。

附带一提的是，鲁迅的笔一向辛辣犀利，挖苦阿Q或孔乙己丝毫不留余地，但他笔下的女性却在坚苦卓绝中自有其高贵而永恒的刻痕，如华大妈，如夏四奶奶……

改姓改得更晚的是台大外文系的黄毓秀，在她改姓母亲的姓氏“刘”之前，其实常建议同学叫她“毓秀”老师。

还有一位在桃园监狱中服刑的年轻人，忽然从“天人菊写作班”学会了写作，生命也因而重新翻了一翻，他为自己取了个笔名叫苏柟，他的理由如下：

因为我最最伟大、最亲爱的妈妈姓苏，她常常向我们抱怨，家里三个小孩没人和她同姓，无人和她同心。每回闹别扭，都嚷着说，你们这些姓郑的如何怎样、怎样如何的。所以，我的笔名一定要和妈妈同姓。

作家大概是最容易为母亲打抱不平的人，最容易向弱势母亲认同的人。

当代作家中的余光中，其身份证上法定籍贯虽是福建永春，但他少年时期一向认同的却是母亲的故里，江南烟水之地。

下一次，当有人问及我们姓氏籍贯之际，让我们——至少在心里——也承认母亲的这一边的姓氏籍贯吧！

我们是不同的歌手，
却重复着生命本身相同的好旋律。

林中杂想

一

我躺在树林子里看《水浒传》。

事情是这样开始的，暑假前，我答应学生“带队”，所谓带队，是指带“医疗服务队”到四湖乡去。起先倒还好，后来就渐渐不怎么好了。原来队上出了一位“学术气氛”极浓的副队长，他最先要我们读胡台丽的《媳妇入门》，这倒罢了，不料他接着又一口气指定我们读杨懋春的《乡村社会学》、吴湘相的《晏阳初传》、苏兆堂翻译的《小龙村》，等等。这些书加起来怕不有一尺高，这家伙也太烦人了，这样下去，我们医学院的同学都有成为人类学家和社会学家的危险。

奇怪的是口里虽嘟嘟囔囔地抱怨，心里却也动心，甚至下决心要去看一本早就想看的萨孟武的《水浒传与中国社会》。问题是要看这本书就该把《水浒传》从头再看一遍。当时就把这本厚厚的章回塞进行囊，一路同去四湖。

而此刻，我正躺在林子里看《水浒》，林子是一片木麻黄，有几分像好汉出没的黑松林，这里没有好汉，奇怪的是倒有一批各自说着乡音的退伍军人（在这遍地说着海口腔的台西地带，哪来的老兵呢？），正横七竖八地躺在石凳上纳凉，我睡的则是一张舒服的折床，是刚才一个妇人让给我的，她说：

“喂，我要回家吃饭了，小姐，你帮我睡好这张床。”

咦，世间竟有如此好事，我当即把内含巨款的皮包拿来当枕头（所谓巨款，其实也只有五千元，我一向不爱多带钱，这一次例外，因为自觉是“领队老师”，说不定队上有“不时之需”），舒舒服服躺下，看我的《水浒》，当时我也刚吃过午饭，太阳正当头，但经密密的木麻黄一过滤，整个林子荫荫凉凉的，像一碗柠檬果冻。

我正看到二十八回，武松被刺配二千里外的孟州，路上其实他尽有机会逃跑，他却宁可把松下的枷重新戴上，把封皮贴上，一步步自投孟州而来。

二

一路看下去，不能不叫痛快，武松那人容易让人记得的是景阳岗打虎的那一段。现在自己人大了，回头看那一段，倒也不觉可贵。他当时打虎，其实也是非打不可，不打就被虎吃，所以就打了，此外看不出他有什么高贵动机，只能证明，他是天生的拳击好手罢了。倒是二十八回里做了囚徒的武松，处处透出洒脱的英雄骨气。

初到配军，照例须打一百杀威棒，武松既不去送人情，也不肯求饶，只大声大气说：

> 都不要你众人闹动。要打便打！我若是躲闪一棒的，不是打虎好汉！从先打过的都不算，从新再打起！我若叫一声，便不是阳谷县为事的好男子！——两边看的人都笑道：“这痴汉弄死！且看他如何熬！”——

武松不肯折了好汉的名，仍然嚷着：

要打便打毒些，不要人情棒儿，打我不快活！

不想事情有了转机，管营想替他开脱，故意说：

新到囚徒武松，你路上途中曾害甚病来？

武松不领情，反而强嘴：

我于路不曾害！酒也吃得，饭也吃得，肉也吃得，路也走得！”管营道：“这厮是途中得病到这里，我看他面皮才好，且寄下他这顿杀威棒。”两边行杖的军汉低低对武松道：“你快说病。这是相公将就你，你快只推曾害便了。”武松道：“不曾害！不曾害！打了倒干净！我不要留这一顿‘寄库棒’！寄下倒是钩肠债，几时得了！”两边看的人都笑。管营也笑道：“想你这汉子多管害热病了，不曾得汗，故出狂言。不要听他，且把去禁在单身房里。”

及至关进牢房，其他囚徒看他未吃杀威棒，反替他担忧起来，告诉他此事绝非好意，想必是使诈，想置他于死，还活龙活现地形容“塞七窍”的死法叫“盆吊”，用黄沙压则叫作“大布袋”。不料武松听了，最有兴趣的居然是想知道除了此两法以外，还有没有第三种，他说：

还有什么法度害我？

当下，管营送来美食。

武松寻思道：“敢是把这些点心与我吃了却来对付我？……我且落得吃了，却再理会！”武松把那镟酒来一饮而尽，把肉和面都吃尽了。

武松那一饮一食真是潇洒！人到把富贵等闲看，生死不萦怀之际，并且由于自信，相信命运也站在自己这一边时，才能有这种不在乎的境界，才能耍这种高级的天地也奈何他不得的无赖。吃完了，他冷笑一声：

看他怎地来对付我！

等正式晚饭送来，他虽怀疑是“最后的晚餐”，还是吃了。饭后又有人提热水来，他虽怀疑对方会趁他洗澡时下毒手，仍然不在乎，说：

我也不怕他！且落得洗一洗。

这几段，真的越看越喜，高兴起来，便翻身拿笔画上要点，加上眉批，恨不得拍掌大笑，觉得自己也是黑松林里的好汉一条，大可天不怕地不怕地过它一辈子。

三

回想起前天随队来四湖的季医生跟我说的一段话，她说：

“你看看，这些小朋友，他们问我，目前群体医疗的政策虽不错，但是将来‘卫生署’总要换人的呀，换了人，政策不同，怎么办？”

两人说着不禁摇头叹气，我们其实不怕“卫生署”的政策不政策，我们怕的是这才二十岁左右的年轻人，为什么先自把初生之犊的锐气给弄得没有了？

是因为一直是好孩子吗？是因为觉得一切东西都应该准备好，布置好，而且，欢迎的音乐已奏响，你才顺利地踏在夹道花香中启步吗？唐三藏之取经，岂不是“向万里无寸草处行脚”，盘古开天辟地之际，混沌一片，哪里有天地？天是由他的头颅顶高的，地是由他踏脚处来踩实踩平的，为什么这一代的年轻人，特别是年轻人中最优秀的那一批，却偏偏希望像古代的新媳妇，一路由别人抬花轿，抬到婆家。在婆家，有一个姓氏在等她，有一个丈夫在等她，有一碗饭供她吃——其实，天晓得，这种日子会好过吗？

武松算不得英雄算不得豪杰，只不过一介草莽武夫，这一代的人却连这点草莽气象也没有了吗？什么时候我们才不会听到“饱学之士”的“无知之言”道：

“我没办法回国呀，我学的东西太尖端，国内没有我吃饭的地方呀！”

孙中山革命的时候，是因为有个“中华民国筹备处”成立好了，并且聘他当主任委员，他才束装回国赴任的吗？曹雪芹是因为“国家文艺基金会”委托他着手撰写一部“当代最伟大的小说”，才动笔写下《红楼梦》第一回的吗？

能不能不害怕不担忧呢？甚至是过了许多年回头一望的时候，才猛然想起来大叫一声说：

“哎呀，老天，我当时怎么都不知道害怕呢？”

把孔子所不屑的“三思而行”的踌躇让给老年人吧！年轻不就是有莽撞往前去的勇气吗？年轻就是手里握着大把岁月的筹码，那么，在命运的赌局里作乾坤一掷的时候，虽不一定赢，气势上总该能壮阔吧？

四

前些日子，不知谁在服务队住宿营地的门口播放一首歌，那歌因为是早晨和中午的代用起床号，所以每天都要听上几遍，其实那首歌唱得极有味道，沙嘎中自有其抗颜欲辩的率真，只是走来走去刷牙洗澡都要听他再三重复那无奈的郁愤；心里的感觉有点奇怪：

> 告诉我，世界不会变得太快，
> 告诉我，明天不会变得更坏，
> 告诉我，人类还没有绝望，
> 告诉我，上帝也不会疯狂，
> …………
> 这未来的未来，我等待……

听久了，心里竟有些愀然，为什么只等待别人来“告诉我”呢？一颗恭谨聆受的心并没有“错”，但，那么年轻的嗓音，那么强盛的肺活量，总可以做些什么可以比“等待别人告诉我”更多的事吧？少年振衣，岂不可作千里风幡看？少年瞬目，亦可壮作万古清流想。如此风华，如此岁月，为什么等在那里，为什么等人家来“告诉我”呢？

为什么不是我去“告诉人”呢？去啊！去昭告天下，悬崖上的红心杜鹃不会等人告诉它春天来了，才着手筹备开花，它自己开了花，并且用花的旗语告诉远山近岭，春天已经来了。明灿逼人的木星，何尝接受过谁的手谕才长倾其万斛光华？小小一只绿绣眼，也不用谁来告诉它清晨的美学，它把翠羽的身子浓缩为一撇“美的据点”。万物之中，无论尊卑，不都各有其美丽的讯息要告诉别人吗？

有一首英文的长歌，名字叫*To Tell the Untold*，那名字我一看就入迷，是啊，“去告诉那些不曾被告知的人”，真的，仲尼仆仆风尘，在陌生的渡口，向不友善的路人问津，为的是什么？为的岂不是去告诉那些不曾被告知的人吗？达摩一苇渡江，也无非圣人同样的一点初衷。而你我十几年乃至几十年孜孜于知识的殿堂，为的又是什么？难道不是要得到更真切的道和理，以便去告诉后人吗？我们认真，其实也只为了让自己告诉别人的话更诚恳更扎实而足以掷地有声！（无根的人即使在说真话的时候也类似谎言——因为单薄不实在。）

那唱歌的人“等待别人来告诉我”并不是错误，但能“去告诉别人”岂不更好？去告诉世人，我们的眼波未枯，我们的心仍在奔驰。去告诉世人，有我在，就不准尊严被抹杀，生命被冷落，告诉他们，这世界仍是一个允许梦想、允许希望的地方。告诉他们，这是一个可以栽下树苗也可以期待清荫的土地。

五

回家吃饭的妇人回来了，我把床还她，学生还在不远处的海清宫睡午觉，我站起身来去四面乱逛。想想这世界真好，海边苦热的地方居然有一片木麻黄，木麻黄林下刚好有一张床等我去躺，躺上去居然有千年前的施耐庵来为我讲故事，故事里的好汉又如此痛快可喜。想来一个人只要往前走，大概总会碰到一连串好事的，至于倒霉的事呢？那也总该碰上一些才公平吧？可是事是死的，人是活的，就算碰到倒霉事，总奈何我不得呀！

想想年轻是多么好，因为一切可以发生，也可以消弭，因为可以行可以止可以歌可以哭，那么还有什么可担心的呢？

真的，还有什么可担心的呢？

少年振衣，岂不可作千里风幡看？
少年瞬目，亦可壮作万古清流想。

未绝

——一位作者的成长

桃正红，柳正绿，风正若有若无地穿梭其间。

一只小小的乌篷船不着痕地沿水而下，小男孩坐在船里，乌黑沉静的大眼齐窗望去，望见窄窄两岸间的红桃绿柳俯身而下，心里有说不出的温柔的惊动！那一年他四岁。

小男孩的身世说来也是一奇，他祖籍辽宁，生在四川，此刻却只身被藏在苏州城郊的一座尼姑庵里。他的父亲是国际知名的地质学家，母亲是当年的少数女留学生，擅打网球。两人当时都留学日本，不意中日宣战，政府只能营救少数人才回国，父亲在名单上，而母亲不在。情急之下，她只好寄名夫妻以求回国。及至船到国内，男方家长多年来早就为独子疯狂做学问而不肯结婚一事愤恚，但人在国外，也奈何他不得。此刻由于战争，回到家人鞭长可及的地方，证件上又分明是“已婚”，怎容分说，立刻强迫两人成亲。这场弄假成真的婚姻来得很勉强。

以后几年里，两个孩子陆续出生，做母亲的倒也认了，父亲一心所想的仍是他的学术世界，一个人打着绑腿满山跑，洪荒宇宙，天玄地黄，混沌初开之日这世界究竟是何等世界？他的“地壳滑动说”至今仍被看做一项充满想象力的对大地的解释——可是，这霸气而自信的男人，他不要家庭，他只要地质世界。

一场姻缘到小男孩四岁那年终于切断，姐弟俩按着习惯归父亲，但父亲岂是养小孩的人，他终于被寄养父执家中。聪明白净的他倒也得宠，对于自己身世的悲凉所知不多，生活里却有许多可以惊奇的东西。例如，一朵红花，也能使他痴想忘情，一天就那样过去了。

而母亲却找人去把他“偷”了出来，沿长江，搭江轮，藏到苏州城去。人世间的悲苦，以及身为“没娘孩子”的种种凄凉，他此刻一概不知，知道的只是苏州城里一片好风景，其实连一片好风景他也说不上来，只知道一切都“好”。

当年苏州乌篷船里的那一场，恐怕是这半生际遇的一番幻影吧，有大悲恸，有大凄伤，却又无碍于他一片澄明的心，去领略天地间的好风景。

终于被父亲找到，一同到了台湾，站在“国语实小”的办公室里，老师摸着他的头问了一句简单的“你叫什么名字？”便已使他惶急欲哭，如面临生死存亡之大关。只因为他有两个名字，一个是随父姓的名字，一个是随母姓的名字，一个六岁的小孩要在一霎时决定自己的去从，那一分钟的苦难竟如此漫长苦烈，永世难忘。

母亲也跟来台湾，想作最后的尝试，她舍不下这一儿一女，但终于没有成功。她回到大陆，留下的两件手制的绒布睡衣，给女儿的那一件内层用毛笔写“妹妹”，儿子的这一件写“弟弟”。许多年来，那是想念母亲的一线凭借。

学期终了，他得到第十二名，他看着看着，不服气，拿起橡皮就擦，擦掉了“一”字，剩下“二”字，回家居然被父亲嘉许了一番。他这半辈子在学校里就没有得过好名次，初中没毕业，高中没毕业，艺专的毕业证书也不知塞到哪里去了，唯一凭借的大概就是当年那种“不服气”的心情，学校可以给他第十二名，他却认定自己是第二名。

被寄养在姑妈家里，日子非常不好过。那是一个台北常有的落雨的冬夜，他十岁，姐姐和家人都睡了，他起身整理了一个小包。小包小得可怜，里面除了几件衣服以外主要是一卷白纸，他准备离家出走了。白纸是他想象中的谋生工具，他觉得自己可以卖画生活。走到门口，大狼狗迎上来，他抱着狗哭了一场，掩门去了。小小瘦瘦的身子，被街灯拉得异常孤苦无依，他艰难地走到巷口，终于折回家，钻回被窝睡觉。

出走没成功，倒是写出了一篇“大倒霉”的文章，老师当堂宣读，以后他又配上插画，弄上壁报，算是渐渐知道往哪里藏躲可以减缓挫折感。

天天挨打，理由是几代单传的男孩，不能不管。从学校借来的《水浒传》正读得兴起，早上起来却见它在地上，撕得粉碎。要命的是来不及伤心，因为首先要应付的是学术股长死催活催要他还书，而他一文不名。那种痛苦，真令人想死。

可是，读书仍然给他最大的乐趣和拯救。

读到“冯谖市义”，读到“缇萦救父”，读到“吴凤唾传”“汪踦殉国”，居然气血翻涌。而读鲁滨逊，他真的到院子里用树枝树叶搭营，想要试试野外求生。他自己找放大镜就着日光看它能否烧起纸来，他自己制标本，他在《爱迪生传》里看到这位科学家的手相，自己左对右对，竟自以为很相似……

对付姑妈他也想到了一个好办法，他凭想象把姑妈缩小，一时之间他仿佛看到她一寸寸消下去，矮下去，一直小到巴掌大，站在窗台上——不过，事情也真怪，他望着想象中站在窗台上的小姑妈，居然心里仍在害怕。

痛恨数学，因为想不通为什么需要把鸡跟兔子关在一起？以及为什么一个人要到某地，忘记某物，折回走，取了物又前行等等无聊的设计，他拒绝也搞这种“没道理的东西”。

日子也有好的一面，例如黄昏以后，当时的台北是很沉寂的，他熄灯燃烛，把大人的风衣呢帽弄来，扮演福尔摩斯及赌国仇城给表弟、表妹、邻居小孩看，那种感觉很过瘾。

隔壁人家常找孙玉鑫来说书，他坐在墙头听，听得如醉如痴，立志长大要做“说书人”，并且立刻就拿那批“基本特约观众”做实验。自己胡编的故事，居然也能把表弟、表妹弄哭。他忽然悟出一番跟希腊悲剧家所见略同的观念，亦即“把不该死的弄死，该死的且不让他死”。

因为成绩不好，留了级，从附中转建中，建中逃学更方便，对面是“中央图书馆”，不愁没去处。读到“国父”的三民主义讲词，大为倾倒，一时又正正经经地想当起政治家来，对于“说书人”一职，一时也管不了如何身兼两项大业。

仍然功课不好，但没空去伤这份脑筋，因为太忙。所谓忙是忙于画画，忙于写小说，忙着看自己找来的书，例如胡适的《中国哲学史》、朱光潜的《文艺心理学》，真是目不暇给，至于功课好不好，也就不管它了。父亲是个一板一眼的人，居然写信告诉学校不必姑息这样的学生，勒令退学算了，但他略施小计，跑到邮局，把那封信骗了出来。然后是我行我素地继续自己读书，一个人到山里去念古文，找和尚胡乱论道，偷偷参加“中广”的小说选播，充当个小角色，唯一的好处是因而熟读了《红楼梦》。

走过中华路，一家小馆里悬着幅于右任的字，他停下来读：

与世乐其乐，为人平不平。

看了半晌，心中洞然，他对自己说，为人一世，就拿这句话做终身志业吧！那一年他是十七岁的纤弱少年。

父亲有一天忽然说：

“你，搬出去！”

他把那句话记在心里，当下安排起来，如何走，如何谋生，如何继续读书。不久以后，父亲离台一趟，凑巧姑父也在那时去世，他帮忙料理了丧事，等父亲一回家，他当晚就走了。

“人不可以被侮辱，”他说，“虽然我走对父亲是个打击，但我还是走了。”

走到哪里去呢？和同学合租了一间两个榻榻米的阁楼，屋顶是斜的，高的地方勉强可以站身。因为没有钱交电费，电线给剪断了，只好点蜡烛过日子。当时的生计是卖煤炭、卖橘子、送报。其中干得最成功的是推销《学生周报》，曾有一天之间拉到八十二位订户的纪录，报社很惊动，竟想组织一批人交他“调教”。

他自己却淡然处之，只庆幸可以用这份刊物当枕头睡觉，当抹布擦桌椅，并且，天冷的时候，可以塞在被套里增加破棉絮的温度，麻烦的是翻身时总会弄出窸窸窣窣的声音。

当时他又立了一番小小的心愿，希望自己能从推销员变成记者就好了。

因为没有钱注册，他去找“东方夜校”的陆校长，准许他分期交学费。那年，胡适死了，他郑重地前去瞻仰遗容。想起初一逃学，在市立图书馆初读胡先生的《留学日记》，到后来读他的《中国哲学史》，心中竟是以他为老师的，这番看了遗容，也大咧咧地跟着人群去送殡。

大专联考，数学因为做对了一题三角填充，得零点六分，四舍五入，算作一分，这一分很重要，否则其他分数不计。他进了艺专影剧科。其实不但那一分很惊险，更惊险的是他本来根本就不打算再念书了，却因一位父亲的老友吴英荃教授的怜惜，把他从阁楼生涯里抓回来，安顿在台北学苑。这一个转机带来太多幸运，影剧是他从小喜欢的东西，大学里再不逼人了，日子又重新幸福起来。随邓老师接触“俗文学”，连精神都振奋起来了。

依然穷，依然读书。

大学毕了业，他重新回去见父亲一面，住了几天依然走了，走到一个叫黎和里的地方。当年那地方鸟多人少，山屋里野鸟站在窗前叫，屋子的主人喜欢打着悠悠的调子说：“茫茫人海，随手行方便。”那句话后来一直留在他心里，变成了他自己的观念。

许多年的挫辱，使他渴望做一个强人以为补偿，可是自己身体一向又瘦弱，连打架都不肯一试的小男孩，何从逞强？“既然打不赢，当然就不打。”打人的事生平只干过一次，居然是打老师。设计好了要用橡皮筋大弹老师，却因老师走避而罢，事情的结果是留校察看。就连这生平唯一一次动手，也未得逞。读书至艺专二年级，忽一日觉得不妥，于是专程回建中去正式道歉——并不是因为发现老师是对的，只是发现自己打人是错的。

不喜欢动手的人，凭什么逞英雄呢？他想到了“动口”，至于“动笔”，好像反而是附带的事。曾有一段时间，他很以“伶牙俐齿”为荣，在文教圈里，有老一辈的四大名嘴和小一辈的四小名嘴，他是四小名嘴之一。

当年想做“说书人”，后来终于没成功。但半生以来吃的竟真的是“开口饭”，或作播音员或教书，或教洋人中国文化，他的“事业”全和嘴有关。可是，渐渐地，他开始有更深一层的领悟，与其伶牙俐齿，不如自嘲吧！人世如此无奈，何不调侃自己一番就算了？

很有“女孩子缘”，从十三岁就帮同学写情书，及至到艺专又为影剧、音乐、美术等科女孩代写作文。一向关心稿费的他对这份差事倒是不求报酬的。但交女朋友则不太顺利，一直到遇见陶晓清——那个能干洒脱而又肯温柔踏实的女孩。

当然，那其中或许也另有原因，她是苏州人，那乌篷船的记忆恍惚回来了，多么柔和的春水……及至两人结了婚，生了孩子，他偶然听妻子哼苏州小调哄小孩入睡，眼睛就不禁湿了。

和晓清在一起，一向做事拖泥带水的他忽然有了快节奏的决定，竟打算在最短期间结婚。两人一起去国际学舍听音乐会，他事先注意她那几天感冒，有些咳嗽，便藏了一盒喉片在口袋里。及至音乐进行一半，果然天从人愿，晓清咳了起来，他不动声色，把喉片塞过去，据说此事跟求婚节奏很有关系。

对陶晓清来说，这个人真令人不胜惊奇。她自己从小没淋过一次雨，天稍阴了，家里就送雨衣和雨鞋来；这个人却干脆在雨天的急雨里走，因为不喜欢学别人那样缩在檐下，因为一旦淋透了以后，也就不再怕雨了。她从小没挨一次打，他却在“不打不成器”的口号下被姑爹姑妈一人按着，一人执刑。她从来没挨过一顿饿，他却为了逃避毒打每每流连街头，三四天不回家也不吃一顿饭。她听他絮絮叨叨地说个不停，怜惜而讶异。

她的父亲惊觉起来，这年轻人是谁？初识两个月，女儿竟要嫁给他，那人不像坏人，却也不像规规矩矩剪裁合度的树，他跑到警察局要求查查此人有没有前科。

前科倒没有，被查的人不免吓出一身冷汗。但单纯可爱的准岳父，却很高兴，这人既不是坏人，大概就是好人了，把女儿给他吧！

当真没有前科吗？

从小到大，如果要照命运来说，他不断地遇到“贵人”，或者，说得更平实一点，遇见“好人”。少年穷途潦倒，沦落街头之余，跟“前科”的距离岂不只在薄纸之间？为什么总有好心的同学、同学的父亲，或者朋友，巧至朋友的亲戚——绕着弯子来帮他的忙？或一饭之恩，或一屋之庇，都及时拉了他一把。

除了人，整个社会都在拉着他。

第一个拉着他的是书。父子虽然缘薄，但知识世界的真诚无伪却是他自幼熟知的。知识是权力，知识是尊严，知识有其永恒不移的确凿性，而身为读书人，自有其放眼天下的规模气度。这一点，对他而言，无论如何颠沛失所，却是死不能忘的真理。

第二个拉着他的是全社会的人所共同经营出来的一种氛围。例如小时候坐火车转汽车再加走路，到一个住在穷乡僻壤的同学家去玩，没想到同学家极穷，泥草糊的墙，胡乱拼凑的家具，一切简陋至极。奇怪的是看到远方小客人来了，竟也揖让有度，菜虽简而不怠，礼虽少而不慢，笑谈之间绝无寒俭气。他暗自吃惊，原来文化就是一种使人可以穷得如此彻底而不失其尊严的东西。又例如当兵在蚵仔寮，见渔人生涯的朴拙勤苦，其中有一份无言的大定力，令人惶愧不敢不自振。甚至像左营路边一个卖鸭肉面的消夜摊子，竟也题上“爱晚亭”那么美丽的名字，使人感到虽身为市井之人，亦有其无所不在的诗情。或如静夜里墙头危坐，闲听隔壁人家在院子里说书，五千年讲不完的忠孝节义……

所谓没有前科，岂真是自己有什么过人之处，是整个民族文化的大磁场吸住了吧？

要结婚了，竟自庄严正经起来，前去见老父。两个倔强的灵魂乖隔多年，此刻做儿子的为了不让岳父生疑，前去请父亲主婚，心甘情愿地委曲求全。意外的是那终生与石头为伍的老人竟因婚讯而大喜，他兴冲冲地跑去借薪水，为儿子媳妇买家具，又送了一只雷达表给媳妇做见面礼，外加一只照相机。

十二月，轻寒的梨山，早起的新郎摘了满满一大抱红叶。新娘醒来，一枕火灼灼的忘不掉的颜色，多年以后他们还把红叶的拓片当圣诞卡寄给朋友。

然后，是努力做一个播音员，一度也主持“早晨的公园”，不是当年的说书人，然而，也算另一番说书吧？

母校艺专请他去教书，教了几年，竟做起广电科主任来。

当年读不惯教科书而又不擅打架的小男孩现在教起“语意学”和“口头传播”来，当年的贫穷、赤裸和剥夺铸成了自卑，而自卑又复升华成对自我尊严的要求，他钻研跟“讲道理”有关的学问，并且把跟“道理”有关的种种讲得鞭辟入里，使学生颠倒倾服。他穿干净的长衫或西装。利落的表情，精纯的声音，不说一句废话，曾经失去的尊严，他要一点点认真地重建起来，他做到了。

写作对他而言几乎是一种把说话加以记录的“话本”，他可以算是一个对语言着迷的人。和说话的条畅自如不同，他的写作是认真而出手迟缓的，其辛辣冷隽处，不让林语堂。例如论演讲，有如下的片段：

> 忘记是谁的一篇文章里提到，演说是二十世纪人类一大发明，这话我不同意。演说可以是人类的一大发明，却不一定要到二十世纪才有。把一大群人唤到跟前听自己演说，是多么过瘾的事！人类不会笨到等了几千年甚至几万年，才会发现这种价廉物美的享受。

又写生活中贸然撞入的一只野猫，在种种冲突矛盾，穷追死赶之余，终于心慈手软下不了手的曲折：

> 一只野跛猫，跟另一只猫风流之后，毫不犹豫地负起了事后一切

沉重的责任。它没有咬牙切齿地露出悲壮，也不哀鸣，只是极其平静地接受了自然的律则，它也真有它的！

“只有两只吗？”

“没见它再叼来。”

我用脚指头拨弄着空空的铝盘子：“买点猫食吧，先喂几天。”声音软弱得不像是我的。

“已经买了。”太太轻描淡写地回答，宁静得如一尊菩萨。

当然，行年渐长，哲学意味是免不了的，在一篇谈“瓶”的文章里，他说遍各种瓶子，忽然笔锋一转：

有一次，我住在日月潭，清晨起身，沿潭散步，此时潭水与天色碧蓝如海，晨曦自天际浮云中隐隐透出，水面上一阵阵薄雾疾逝而去，山树在昏濛中也是一片墨绿。这时我但觉自己置身天地的大瓶子里，通体也染上了湛蓝，除了悚然惊慑于如此的苍凉外，不觉也有几分悲哀，想到茫茫大千，实际上也不过是一个我们永远跳不出去的瓶子。

令人思之味之，欣然神会中亦有其怅然。

他的散文为他赢得了中山文艺的散文奖。

有一方父亲使用了三十年的方砚，他曾有意要来作为结婚礼物，但略一犹疑，想再过一个礼拜开口不迟，不意第二周砚台竟消失了。原来父亲的一位故旧来访，见到是故乡水岩所制，一时乡心大动，父亲便慨然相赠了，他只能怅怅跌足。

三年前，父亲撒手而去。

和在大陆上的母亲联络上，她托人带了两锭古墨来，黑沉粗巧，淡淡的玄色的芬芳。他想起多年前内侧写着“弟弟”的那件柔软的绒布睡衣，然而，又能如何呢？一别三十年，虽被朋友说成名嘴，一时也竟无言了。如果当年把父亲的方砚要来就好了，桌上如果能有父亲的砚和母亲的墨也算一场小小的补偿性的聚合，然而，毕竟那方砚也流入茫茫人海里去了。

终于懂得释然，懂得感谢，懂得珍惜。他为自己修了个年谱，自己加了段话：

> 与朋友交，每多任情任性，偕妻儿处，复得相让相忍。困厄快意相参半，有事无事尽平安，天固未绝我，亲友陌路尤未绝我，若有数则命好，无则天地人群好。料此生无以为报，唯愿不弃绝于君子，得徜徉于大化。

走着走着，他仿佛又复是当年苏州城中乌篷船里看桃花的小男孩，人世间一片好风好水，沉静的大黑眼睛放心地望着一程一程的波光，一程一程的歌声和橹声，有土的地方便有路，有水的地方便有船，人生，还能再求什么呢？

后记：也许，读完了长长的故事你会忽然想起一件事——他，故事中的主角，叫什么名字？他叫马国光，笔名叫亮轩。当然，他还有其他笔名，甚至，他也有另外的“本名”（当年母亲给的），但这一切都不重要，重要的是那人结实而顶真地活了过来，在人世的霜寒和春风里。

后来，就一切都散了，
胜利的也许是生命本身，草原上的某处，
会有新的蒲公英冒出来。

蒲公英的散蓬能叙述花托吗？
不，
它只知道自己在一阵风后
身不由己地和花托相失相散了。

闽人的不安

我决定赴闽北一游，那是几年前的事了。我打算去的地方叫建阳，一个安静的小城，不像她的邻居武夷山那么闻名。这地方曾出过一个奇人名叫宋慈，他写过一本《洗冤录》，算是个古代法医。我之所以忽然决定要去，是因从母亲口中知道，我在婴儿时期曾在那里住过半年。

既然要去，就打开地图略略看一下路线。这一看不免吓了一跳，不知为什么，福建的地名全是什么什么“安”。地名中有“安”难道可怕吗？我干吗吓一跳？人家长安不也是“安”吗？后来改西安还是“安”。福建各县起名叫安不是很正常吗？问题是，叫什么什么安什么什么宁的比例太高了。

譬如说，惠安，这地方有点出名，此处因战时抓夫，几乎变成活寡妇村。此外被列成台北市街名的有同安。另有崇安（此地也靠近建阳，是词人柳永的故乡），还有福安、永安、华安、诏安、南安，此外还有安溪，以及永定、宁化、宁祥、泰宁、建宁、寿宁……我的地图是张简图，我猜实际上叫什么安什么宁什么定的也许还更多。

相较之下，叫河南、河北、湖南、湖北或江西或广西、广东的地方就没有管那么多了。另外叫黑龙江、嫩江、青海、四川，也都自自自然然以水为名，全然不在乎安不安宁不宁的事。台湾的地名也直截了当，例如台中、台南、台北、台东、台西，乃至于南投、北投。

起名字，类似向天神呈上一篇祷词。而祷求，当然是求自己缺少的东西。人名中若有富字，大概不是出于什么富贵之家。地名中有许多安，想来是身经忧患辗转流离之辈吧？福建原也有“原住民”，但现在以汉字命名的地名显然是后来移民的汉人所取的。这些从中原仓皇逃来，在魏晋南北朝时期一路颠簸而来的先祖，他们当年心中各自都有其忧急焦痛吧！“安”字是他们不约而同既卑微又奢侈的愿望。他们从闽南到闽北从闽东到闽西，都一律大量用这个字，倒好像被谁规定了似的。

对自己的安全有疑虑，对前途做些祈祷并以之壮胆，这件事，其实并不丢脸。不久前，我去了一趟耶路撒冷，而这举世闻名的圣城，这在圣曲中被唱得高响入云的名字，究其义，原来也是“平安”的意思。想来犹太人一向生于忧患，强敌环伺，时而国亡，时而族灭，经常过的是一夕数惊的日子，宜乎他们把圣城定位为平安之城。耶路撒冷跟福建的惠安、崇安、福安、永定、泰宁……是同义同词吧？至于犹太王国全盛时期的所罗门王，其名字也是平安之意。

（对了，你想起李安或赵宁吗？）

战争、流血、饥饿、迫害、天灾、人祸……大部分人的祖先都曾走过这些吧？如果有人的祖先是闽人（我的丈夫籍贯虽写作湖南，但其实他两代前是福建林森县人，我的孩子也就是闽人之后了），他们应该能从地名解读出一部忧惶悲怆的长达一千五百年的节节流离的岁月。

解读以后呢？揣摩某种移民的切肤痛感之后呢？有人会对新来乍到背井离乡的新移民付出多一点点的悲悯吗？

开卷和掩卷

X 君，十八岁，神差鬼使，不知怎么选择了读中文系。X 君也许是男孩，也许是女孩，也许是有志文学，也许只是分数不够高，读不成别的，只好到中文系来凑合。总之，他来了。

他既决定来中文系，对文学总有几分情意。而这几分情意不敢说一定能惊天动地，但总也不算虚情假意。他希望自己和文学之间的关系能渐入佳境。

然后，开学了。伟大堂皇的学分纷纷上场，他忽然发现自己像结婚礼堂里的新郎：他可以拜天地，拜高堂，他可以用印，可以敬酒，可以吃菜，甚至可以表演亲吻新娘。但他就是不能和新娘一起走开，一起走到花前月下的无人之处，倾心相谈。

X 君的大一课程除去体育、英文、历史、宪法不算，剩下来的可能是国文、文字学、文学概论、理则学、文学史。等到二年级，他可能读历代文选、文学史、诗经、诗选、小说选、声韵学或训诂学……如果 X 君够警觉，他会发现一路下来所有的学分、所有的教法，都在塞给他一个东西，这个东西的名字叫“文学学”。

对，是文学学，而不是文学。

什么叫文学学呢？文学学是指文学的周边学问，例如修辞学，例如理则学，例如声韵训诂。

文学学也不算没有意义，像大城市之必须有卫星城镇，像大工业必有卫星工厂，文学也不妨有些基础工程，只是基础工程之后应该继之以亭台楼阁才对。平地架楼，因无根无基而脆弱无依，固所不宜，相反的，只挖一堆地基放在那里，而无以为继也未免可笑。

我们姑且假定X君一向很重视自己的学业成绩（对在台湾长大的学生而言，这个假定不算过分乱猜吧？），因此他很努力地想考好他的每一门学科。譬如说，诗选这门课吧，考试之前，X君努力要记清楚的资料很可能是：

一、反志式的平仄是如何安排的？

二、初唐最重要的诗人是谁？

三、杜甫“香稻啄残鹦鹉粒”是什么意思？

四、“劝君更进一杯酒”和“与尔同销万古愁”之间算不算对句。是否动词对动词，名词对名词，虚词对虚词？

X君在班上的成绩不错，运气好的话他还可能拿到某种奖学金。X君毕业在即，正准备考硕士班研究所，大家都称赞他是中文系高才生——不过，有一个小小的秘密，那就是，X君迄今都还没有碰到文学学。

X君和其他好学生一样，从小深信一句话：

“开卷有益。”

他平生受这句话之惠不少。譬如说，等车的时候，排队等吃饭的时候，他都一卷在握，丝毫不敢浪费时间。他一点点学业上的成就都是靠这句话博取来的。

可惜X君不知道另外一句更重要的话：

“掩卷有功。”

“掩卷有功”四个字是我发明的，古人并未明言，虽然古人很善于掩卷。

李白诗中有言：

“片言苟会心，掩卷忽而笑。”（《翰林读书言怀呈集贤诸学士》）

苏辙的诗中也有一句：

“书中多感遇，掩卷辄长吁。”

“掩卷”就是把书合起来的意思。除了“掩卷”，古人也用其他的字眼来表示类似的动作，例如：

“阖卷”“抛卷”“阖书”“掷书”。

除了关上书卷，其他类似的动作如：

“掷笔。”

其作用也类似。

开卷而读，是为了吸取资料，但吸取资料只不过把人变成“会走路的电脑光碟片”而已，并不能使我们摧心动容，使我们整个人变得文学化。

“掩卷长太息”才是“教书机”和“读书机”办不到的事情。X君如果“读书破万卷”，也未必有益，只待X君一旦“阖卷泪沾襟”，则他的文学教育就不算空白了。

建国中学长久以来流传着一则故事，有位同学，打开历史考卷一看，有道题目要求详述鸦片战争对近代中国的影响，他匆匆写了两行，忍不住，便掷下考卷，急奔到校园中去痛哭。那一天，他的历史考卷当然是不及格的，但当天其他考卷和成绩漂亮的同学能和他比历史感吗？相较之下能一字字冷静道出《马关条约》的同学反而显得残忍无情吧？

“伏卷”而书的乖乖牌学子何止千人，但“推卷”而起抚膺号啕的却只有那一位啊！

英国十八世纪的历史学家吉朋，写了卷帙浩渺的《罗马衰亡史》。从动念到完成，历时一十四载。所描述的时代则长达一千三百年，其规模气魄略近司马迁写《史记》。吉朋写此书言简意赅，纲举目张，为世所颂。但我真正心折的还是他一七六四年秋天站在卡比托尔的古罗马废墟中，对着断壁颓垣喟然而叹的那份千古历史兴亡感。

书写历史不是靠一个字母一个字母的死功，而是靠望着“大江东去”，油然兴起“浪淘尽，千古风流人物”的那声叹息！

身为中文系的老师，我深知同学诸生能做个“开卷人”的已经不多了——“不开卷的人”就更别提了，他们根本没资格来“掩卷”，可惜的是那些只知开卷而不知掩卷的学生。古人认为读《出师表》《陈情表》应该“有感觉”，否则不忠不孝。今天学生读此二文恐怕大多数的人只在意考试会考哪一题。其实，应该“有感觉”的篇章又何止《出师表》《陈情表》，读陈子昂《登幽州台》即使不怆然泪下，也该黯然久之吧？读张岱湖心亭饮茶一章，能不悠然意远吗？

不幸的是，属于文学的、感觉的境界往往难以传递，于是我们只好教授“平平仄仄仄仄平平”。后者客观、确实、有效率，也容易让学生佩服。当今之世，讲杜甫《兵车行》讲到哽咽泪下难以为继的老师恐怕多少会让学生看扁吧？

但我要强调的是，那些开卷读书却不曾掩卷叹息的人其实还不曾跨入文学的门槛。那些接触过客观资料，主观方面却不曾五内惊动的，仍然只算文学的门外汉。

下面我且举几例，来说明只要细心体会，其实感动无处不在。

譬如说，词牌。一般而言，词牌因为是音乐方面的调名，和文字内容未见得有密切关系，读的时候很容易就掠空而过低调处理，不去管它了。但词牌名仍有那极美的，耐人反复玩味。真的是“阖卷”之余茫然四顾，惋叹流连不能自已。

有两首词牌名（现在很少听到），一名《惜花春起早》，一名《爱月夜眠迟》。每当花朝月夕，想起这两个词牌名，只觉其困境亦恰似人生：春朝花绽，怎能不勉力相从？月夜光盈，又怎忍遽舍清辉？然而活着原是一件艰辛的事，谁能像王维诗中的神勇少年“一身能擘两雕弧”？而美，是如此浩渺不尽，我怎能既追踪“惜花春起早”又抓紧“爱月夜眠迟”？

只是词牌的名字，已足够令人掩卷失神。

另外生动逼人的词牌名还有，如：

《骤雨打新荷》，唉，如果是“雨打荷”也就罢了，“骤雨”打“新荷”却令人如闻土膏生腥的气息，如触及五月的清甜微润的池面薄烟。方其时也，新荷如青钱小小，比浮萍大不了多少，比雨滴大不了多少。小小的新荷，圈点着水面，圈点着初夏，而初夏这篇文章写得太好，造化神明不知不觉便多圈了几个圈。

此外，《一痕沙》《一萼红》《隔渚莲》也都令人神往心悸，不胜低回。而苏东坡的《无愁可解》则是一派顽皮，意欲挑战《解愁》。人生弄到要靠酒来解愁，则何如根本把自己活成“无愁可解”的境界。既然根本不愁，也就不必麻麻烦烦去想法子再来解什么愁。

不过是几个词牌，不过是三五个字的组句，却令人沉吟，迟疑，不能自拔于无边之美感。

除了词牌，斋名也颇有趣。古人动不动便有个堂皇的斋名，但现实生活中则未必真有什么楼什么轩什么庵什么室什么斋。所谓的斋，往往只在主人的方寸之间鸠工营造。

初中时就听到梁任公《饮冰室文集》，当时只以为饮冰室就是我们吃刨冰的冰果店，代表的是清凉的意思。及至读了《庄子》，才知道全然不是那么回事，原文是“今吾朝受命而夕饮冰，我其内热欤？”注疏中说“晨朝受诏，暮夕饮冰，是明怖惧忧愁，内心熏灼”，原来饮冰是指内心焦灼不安。那么，梁任公原来在恣纵无碍的才华之外亦自有其生当乱世的忧怖，如此一想，也真是掩卷肃容一番。

至于曾国藩，他把自己的住处命名为“求阙斋”。世人无不爱求全，曾氏独求“缺”。以他当时位极人臣的显达背景，他当然比别人更了解居安思危的真谛。求缺，是全福全贵到极致之后的谦逊。对此简单明了的三个字，曾文正公一生风骨气度都毕现眼前，我因这三字而掩卷轻叹，终生俯首。

近人有“无求备斋”“知不足斋”，并皆引人深思。周弃子先生取名“未埋庵”，令人思之不胜感伤。一切活着的人不都迟早要大去吗？把此刻的自己看作葬礼未举行前的自己，多少可以减少一些名利心、争逐意，虽然命意嫌衰飒了些。

以上举例重在可叹可感的美感，至于有情有趣可堪一笑的例子也是有的，此处且举苏轼《攓云篇》的诗序为代表：

“云气自山中来，以手拨开，笼收其中，归家云盈笼，开而放之，作《攓云篇》。”

如果读《出师表》不哭为不忠，读《攓云篇》不掩卷大笑也真可谓“不通气”了！东坡老儿实在无赖得可爱，把山云捉来放在竹笼中，倒好像那些烟岚云雾全是小白驯鸽似的，手到擒来，等笼子一张开，全部白云亦如小鸟振翅而出，急扑扑地穿梭，满屋子都是。

世间宁有此事！但苏轼的谎撒得太可爱了，这一出他自导自演的“捉放云”几乎有些卡通趣味，你除了拊掌大笑之外还能有什么办法！

刚才所说的那位X君，如果在大四毕业之前只会开卷动读，而不会掩卷悲喜，他这一生就算做到中文系教授，也仍然是个“文学绝缘体”。

但愿读文学的X君不单读了些“文学学”，也早日碰触到“文学”。但愿X君和其他所有接触过文学的Y君，都既能因开卷而受益，亦能拥有掩卷一叹的灵犀。但愿他们不仅是“有脚光碟片”，而且是有感应的“文学人”。

我有一根祈雨棍

我有一根祈雨棍，我花钱买来的。

买的地点在加拿大的哥伦比亚冰原，这棍据说是北美印第安人用的。一般观光客为了省钱省力，大概会买根短棍（一尺或二尺长）做纪念品也就罢了。我却贪心，买了根最长的，是根足足四尺的长棍——店主人说祈雨棍最长也就这么长了。而棍子的直径大约是四公分。

扛着这么根长棍，我又一路旅行到阿拉斯加，在海湾里看杀手鲸和海豚优游，看冰崖雪崩的惊心景状。无论走到哪里，这大棍简直像京剧舞台上的齐眉棍，一路引人注目。

祈雨棍的材料是大仙人掌的空心直杆。杆子上原来长满一寸长的利刺，但在制作的时候他们先把杆子晒干，然后很巧妙地把一根根外刺反塞到棍子的内腹部，变成固定的内刺。一根棍子摘了刺，又晒得滑溜干挺，十分趁手。他们再把些小沙小石灌进棍子中空的位置，封好封口，晃动棍子，小沙小石便在众刺中间游走。密封的棍子是极好的共鸣箱，一时之间只闻飞沙走石之声盈盈乎耳，仿佛天风折黄云，迅雷动百草，大雨，显然已迫在眉睫，立刻会兜头兜脸地下下来。

想当年，莽莽的大草原上，清晨时分，上百巫师，一起举起他们的祈雨棍，那轰轰然如飙风如阵雷的声音节奏，必然令人动容。

我不是农人，对下雨不太有概念，雨对都市人造成种种不便，都市人简直希望雨水应该自动消失才好。但近年来水库缺水，我才蓦然惊觉原来雨水比汽油比金子都可贵。对了，如果雨水是人，我要劝他也不宜太好心，充分供应之余就会产生一群忘恩负义的家伙。应该适度缺货，人类才有“大旱望云霓”的谦卑渴想。人类很贱，过不得好日子，并且从来不懂得珍惜上帝不经祈求就赐下来的东西，像日光，像空气。

回到台湾，我把祈雨棍好好珍藏，并且不时拿出来晃两下，聆听那风狂雨骤的声音。祈雨棍提醒我做人宜卑微，原来，无论多么心高气傲的族类，真正碰到长期不下雨的场面，便不免慌了手脚。人类虽然也应自尊自重，但另一方面却也急需知道自己的有限有穷，能有一根祈雨棍来向我耳提面命，令我自卑自迩，也真是一件好事。

亲爱的上苍，请给我顺遂，请给我丰裕，但也时时容我稍稍感受枯竭的惶急和贫乏的伤痛。这样，在大雨沛然之际，我才懂得感恩。而且，如果我已顺遂到不知惶急和伤痛为何物，恐怕在这地球上，有一半的人口在忍受的那种心情已与我绝缘。

枯焦的大地上，我不尊贵，我俯伏，我是为普世的大旱跪求一滴甘霖的祈雨者。

桃正红，柳正绿，
风正若有若无地穿梭其间。

交　会

印度人的说法：一切河流交汇之处，都是神圣的。

楔　子

八月底，在尼泊尔，因为是“雨季”，所以附带也是“云季”，大部分的高山只剩半截，我们只能看到云气呵护下的山根的那一半。但此刻飞机一腾空，我们高兴得尖叫，像玩拼图游戏的小孩，剩下的这一半被我们在云的上面找到了。

一路凭窗贪看山景，心中了然，只觉前几日读的山景算是下卷，现在跟上卷一凑，整个情节立刻一清二楚了。

此行往印度，舍山而观水，应当另有一番惊动。

一

一下飞机，一卷热浪扑上，错不了的，这就是瓦拉那西城，这就是印度了。

生平是个循规蹈矩的人，所以忽然决定盛暑赴印度，在亲朋间不免引起小小的骚动。

“八月去印度，岂不热死？”

其实八九月间，在印度已算秋天了，这期间最可怕的不是热，而是雨，旅行的人会不会被雨所困？就要赌一赌运气了。至于热，玄奘当年受得了的，七亿五千万印度人受得了的，为什么我偏偏就娇贵一点？这么热的地方，《吠陀经》和《奥义书》还不是照样写出来了？这种温度并没有把释迦牟尼的智慧灵明热得融化掉了，也没有把泰戈尔的诗才销毁。我在自家热带岛上好端端地住了三十年，现在早拿定主意不怕任何热了。

没有下雨。

而且，发现大家都能抵得住热。

旅馆是老式的那种，拜潮热之赐，厚地毯有一股怪味，好在草坪很大，藤椅也很舒服，一本《奥义书》放在膝上，那本书我在台北虽也翻翻读读，总不如此刻贴切，眼前的垂垂绿荫，一一仿佛注释，使人明了易懂。其中有一段跟《道德经》的首段论道的话倒可互相参证：

> 它。不是语言之所能言——是语言因之而言
>
> 不是心之所能思——是心因之而思
>
> 不是眼之所能见——是眼因之而见
>
> …………

论生死，此书也说得空灵剔透：

有如一条尺蠖，到达一张叶子的末梢后又自另一张叶子挪移过去——自我，也这样摆脱肉体，离却无智，向另一世界迁徙过去。

夕阳在树，恒河在两公里外兀自流着，智慧的贝叶在手上，观光客在游泳池里沉浮，瑜伽老师在到处游说拉学生，卖纱丽（印度女人穿的长达五六米的裹身衣料）的老板正热心地示范，食物在餐厅里忙碌地烹制，养蛇的老人在引诱大家出钱看“猫鼬大战眼镜蛇”，印度是什么呢？这天竺古国，这奇怪的，被中国称作“西方”而又被欧人称为“东方”的土地，一张钞票除了用“兴度”语注明币值以外，竟然另外还需要加上“孟加拉国”“玛鲁瓦蒂”“玛里亚兰”“乌都”等十三种语言（加上“兴度”语，共计十四种），而这十四种并不代表全数文字。据云印度种族大约三百五十种，单单要让这样离心离德的三百多种种族吃饱已经不是易事了，何况人吃饱了总是还有其他的事，当然，吃不饱又有更多的事。

想想这样一座城也真替它发愁，十万座庙的城，以湿婆为守护神的城，两千六百年前就文物鼎盛的城，一年三百六十五天里它倒有四百多个节日的城（一方面因为神多，一方面因为种族多，所以经常一天要庆祝好几个节）。这到底是个怎样的地方？

二

“喂，你们是从台湾来的吗？”一个瘦黑鬈发的印度男孩跑过来。

一路上老被人当作日本人，解释成台湾又老被误听成“泰兰”（泰国）。

但不解释又不甘心被当作日本人，真烦！此刻居然有人口操国语前来问候，真不胜惊喜。

“你怎么会说中国话？”

“我在尼赫鲁大学主修中文，我叫马维亚，在飞机上听你们说中国话，我就猜到了！”

他虽读了中文，在印度也用不上，只好又学了西班牙文，做起西班牙文导游来，这两天他被一个委内瑞拉家庭雇用。那家人个个长得圆胖，却冷着脸毫无笑容，大概是户有钱人。马维亚茹素，跟我们坐一桌，谈得很起劲。

三

去恒河，是凌晨五点钟的事，因为要赶着看日出，看印度教徒如何对着旭日晨浴，只好绝早起来。

恒河照梵文应称殑伽河（Ganga），因为它是经殑伽女神导引下来的。恒河的神话极委婉，恒河原来的流域是梵天界的梅尔山顶，因为拗不过下界苦修者拜其拉达的真心，于是一流流到湿婆神的头发上，打算顺着头发再流到天竺国，但湿婆的头发太浓密只好分成七股流下来，而殑伽女神成为顺着头发顺着水滑到人间的一个神。

这天早晨，我们来到岸边的时候，恒河早已举行过百万次以上的日出典仪了，如果把三千年来每日前来恒河的人次算上，更是不可思议。对我而言，这恒河也算圣河，只因它发源自喜马拉雅，而中国既拥有半座喜马拉雅，这条河于中国也几乎有“半子”之亲。我们雇了一条船，为了防污染，这里的船都是小木舟，先往南行，再折北上。刚上船，只见旭日从灰云里艳射而出，亦光华亦幽晦，与“晴空万里”的单纯相较，别是一番意趣。城在河西，全城的人都可以站在一阶一阶的岸上一面沐浴，一面看河东的日出。岸上的人群令人目不暇接，许多人正用一种白色小树枝当牙刷漱口（这种漱口棒阿拉伯人也用），用法是把末梢部分用力一压，使之散成纤维，就可用了。令人吃惊的是，有人用河泥当牙粉在洗牙齿。岸上还有人在为人剃发，剃发颇有讲究，因为印度人相信人身如庙堂，人的头顶心那块部位就等于庙尖，所以那块头发必须保留，叫它作“通往天堂之路”。又有人在卖花，花放在叶片上，纸盘式的小油灯放在花上，然后放在河里，任之逐波而去，算是一种许愿。还有人在祈祷，有人在静坐，有人在惊险万状地扯下围身布（虽然使人无所回避，但他们多半有本领使自己不致被窥及全裸），有人在等待布施，有人分明是凑热闹的嬉皮，在追求神秘的东方经验。有人一脸虔诚，涉到河深处，打一点圣水回家，据说可以供祈祷或为临终病人抹点在双脚和嘴唇上用。做父母的也每带孩子前来。一位父亲把一罐子水猛然淋在儿子头上，小家伙被水一淋又是惊又是叫，又是怕又是爱，小脚板乐得直蹦直跳，全世界的小孩淋水时都是一样的国际表情，看来无限亲切。但两百米以外的下游，却有一栋“待死楼”，有些老人静静地等在那里，那是他们晚年最大的心愿，死在恒河边，委身恒河水。

怎么会有这样一条河！

火葬工作虽是个赚钱的行业（印度的死亡率高），却限于最下等的人才可以做，下等人是第五等人，也就是“不可碰类”，这位火葬场主人地位虽贱，钱却不少，每天总有两百个死人送来。主人临河盖了别墅，门口特意塑了一只黄斑大老虎，尾巴翘得老高，有种自鸣得意的样子，却又让人觉得有些什么补偿心态。船行到火葬场下便算走完全程，大家正巍颤颤地等着泊岸，只听哗啦一声，尘沙飞扬，从火葬场的矮墙里倒出一大堆黑渣渣的东西，可不正是尸灰和木炭吗？同伴中胆小的早已吓得魂飞魄散，及至舍船上岸，又见一个小孩被白布裹着，放在地上，平常尸体焚烧之前都用竹担架送入河水浸湿，算是最后一次栉沐。

“火葬场里女人不准来。”印度导游说。

“为什么？”虽然火葬场不是什么好地方，女孩子听了还是不服气。

“不能让她们来呀！她们一看到火，就会哭着跳进火里去啦！”

古代印度女子在战争期间曾有殉葬之风，印度有一个字“suttee”即专指跳入火中殉夫的女人，后来到和平期间竟仍相沿成风，相当残忍。如今女人跳火，不过十目所视，做个样子，她何尝想死？女人真想死，你关她在家也拦不住的。

这种事，身为女人，我相信自知的比导游多。

“小孩子不用焚烧了，”印度导游走过横放在岸边石阶上的死孩子，漠然地说，“圣人也不用。”

“为什么？而且，你怎么知道他圣不圣？”

“苦修的人就是圣人，这两种人都是纯洁的，所以不必烧，直接放到河中间水深的地方就行了。”

“那多脏呀！”

“人的身体一点用也没有，如果死了可以喂鱼，也算是一件好事，我们印度人是这样想的。”

所谓脏与不脏，实在很难说得清，我们嫌恒河藏污纳垢，而文明世界的工业污染才真把河川脏得更厉害呢！

回到住处，伴我们来的旅行社的于先生请教旅馆经理：

“我们今天早晨看到恒河边上有个小孩尸体，他的父亲缠裹他，怎么脸上一点悲伤都没有？”得到的答案竟是：

“他妈妈在家会哭的呀！哭得死去活来！”

在印度问话常常会得到出人意料的答案。

四

由于当天早上印度导游急着带我们去买纪念品（那大概是他们很重要的权益吧？），我意犹未尽，第二天又起个绝早，搭另外一队日本团的便车和船再去一次，打算好好看看火葬场。火葬场虽说不准女人走近，指的是死了亲人的印度女人，像我们这种没有跳火危险的女人是不在禁止之列的。火葬场工人对我们很客气，让我们站在很有利的位置上观看，不过照相是严禁的。由于瓦拉那西是个古城（在孔子时期，此城已经颇具规模了），一切设备都沿旧制，火葬场仍是露天式的，矮墙围成的大约二十米见方的一块土上，横七竖八地架上一垛垛的木桩，每垛木桩上各架着刚开始烧的，烧了一半的，或快烧好的死人。

“一个人要烧多久？”

“四五个小时。”一个人要花二十年才弄得到一个博士，要花好几年去恋爱（包括失败的），才找得到一个配偶（而搞不好，对方仍会中途脱逃）。要十月怀胎才能得一个孩子，要分期付款十五年才买得下一栋房子。可是一旦两腿一伸，只要四五个小时（电力的还不需这么长的时间），就可以清者化烟，浊者成尘了……

也许是心理作用，只觉火葬场上烟雾腾天。

一个人，如果一生之中可以认定一条河去饮于其中，沐于其中，生于其中，死于其中，不管别人怎样看他，思想起来仍是一件令人眼湿的情感。

那些死者不但死了不会说话，即使活着，由于教育不普及，恐怕也未必是能文能语的人。但此刻，当他们肉体正哔哔剥剥一缕一缕化为齑粉的刹那，我仍能感到他们对恒河的痴爱，那样的无言之言，把什么都说清楚了。使我蓦然生敬的与其说是恒河，不如说是印度人对恒河的那份爱和依恋。

瓦拉那西是因瓦拉和那西两条河交汇而得名，印度人一向认为凡是两河交汇点一定是圣地，瓦拉那西因此一向被视为圣城。两河交汇有何圣处，我不知道，但每当另一个思想另一种态度触动我，与我若有所接若有所会之际，我总悚然惊起，恭恭敬敬地接受这种心交神会。心思灵明的交会也是圣的——我想。

五

到瓦拉那西的人当然也都会去看鹿野苑，鹿野苑是释迦牟尼最初说法的地方，中间没落三百年后，借孔雀王朝阿育王政治的力量而重新整顿。此人之于佛教，一如罗马的君士坦丁大帝之于基督教（君士坦丁与耶稣亦同为三百年），汉武帝之于儒教。三个人都是雄才大略，善于用兵。但大才华、大功业也每每带来大寂寞和大疑惑。阿育王在尸骨堆如丘山、血流汇成沟渠之余确立了他的帝国，却感到可怕的空虚和罪疚，一时之间竟变成释氏的信徒。大凡古来大彻大悟的人总不会是《孽海记》里的糊里糊涂自幼入庵的“色空尼姑”（无怪她到后来要“思凡”了），相反的，每每是嗜食狗肉的鲁智深、风流俊俏的柳湘莲反而更能看破。阿育王先前的暴虐和后来的仁德令人简直不能相信，他不但爱民如子，善待邻邦，提倡法治，而且，居然还设立了兽医院。阿育王当年自己登坛说法，全盛时期有一千五百个和尚……但这一切现在多半已成断垣残壁，十一世纪伊斯兰教一度入侵，印度教和佛教损失惨重，庙宇被毁，神佛每遭斩头去臂（不但泥菩萨不能自保，石头菩萨也不能自保）。某些地方，如菩提伽耶，当时有人硬是用泥封的方法把它整个圣迹掩盖起来，后来英国人又根据玄奘的《大唐西域记》重新把这些遗址一一挖出来。

我虽然既不信佛教也不信印度教，但两相比较总觉佛教可亲些、温和些、纯净些。印度教则不免显得烦琐魅异。鹿野苑算是印度境内少数佛教风格的景观，其中绿草平软，开阔明朗，“阿育王树”长得像一把规矩的伞，梭形的树叶一一呈九十度垂向地面。树叶边缘微皱，像浅浅的荷叶褶。

“你们看那棵菩提树很有名，它是第三代呢！”印度导游说。

“第三代？那，它的祖父在哪里？”

“在佛陀伽耶，就是释迦牟尼当年悟道的时候坐在底下的那一棵呀！”他对我们的无知几乎有点惊奇，“那里叫菩提树、金刚座，可是那一株老树已经死了。”

“它的父亲又是谁啊？”

“在锡兰卡（锡兰），是从佛陀伽耶拿去插枝的，这一棵又是从锡兰卡拿来插枝的！”

“菩提伽耶现在居然没有菩提树了吗？”

“有！而且长得也很好，不过，它也是从锡兰岛倒插回去的。”

我想我会一直记得，曾有一个八月的清晨，我站在瓦拉那西城的阿育王鹿野苑里，凝神看一株清荫四周的菩提树，树无所奇，奇的是它的身世。树和树，原来是可以异株而同根的。这一番树的血缘使我心驰神飞，早已忘却此际身在印度，只觉我看到的是故国的文化、五千年的道统，它可以跨海插枝而再生，它也可以在老株枯死僵仆之际重返其血肉，重归其精神。台湾，我所生活的地方，不正是一棵枝繁叶茂的文化再生树吗？

鹿野苑里有博物馆，里面的东西全取自本地。

六

去看织纱丽的厂，原来一块纱丽料子竟要纺上十天以上。明知道回到台湾不可能穿那种东西，但还是忍不住想买，必须一再告诫善忘的自己：“别买，别买，那东西没用的。”

可是一方面又鬼鬼祟祟地劝别人买，别人买了，我们将来有空去她家再瞧两眼过瘾也就心满意足了。

七

“这是印度大学，全亚洲最大的。”

真有那么大吗？

“全世界的人都可以来读书，这是许多人合起来捐款盖的——其中捐款的人包括乞丐。”

简直像中国的武训啊！

大学本身也貌不惊人，比较特殊的是建有一所耗资两百万卢比（一卢比合四块五台币）的白色大理石庙（想想印度这么穷，这价值九百万台币的庙在好些年前也就颇为可观了）。另外也有一间博物馆，东西居然又多又精而且绝不重复，陈列也落落大方，不至于小家子气。

八

瓦拉那西城里有两样雕塑我几乎看得发痴，挪不开脚。

其一在鹿野苑博物馆，雕的是一座变形人体，名字叫 Ardhnari，意思是

“完全之神”，那神明一半是男体一半是女体，男在右女在左，中间身体部分做S形分阴阳，虽然雕像高不过一尺，但除了极尽精妙，不免令人想起希腊神话里男女本为合体的传说，而男女一体时，原具超凡神力，后来为神所惧，才拆之为二的。从此男女便苦苦地寻找，想找回原来的“另一半”。

而这神叫“完全之神”，跟中国所说“夫妻牉合”“二人同心，其利断金”的意思也相仿，希腊雅利安人曾在中国盘庚迁殷以前就打到印度去，这小小的雕像想来正是两种文化交会的结果。而我站在这里如痴如醉地看这座雕像，恨不得引雕像一步步走下展览架，走到我的睫前，和我正在思索着的那句“一阴一阳之谓道”的中式思想交会而合流。

其二是大学庙堂里的巴尔娃蒂（ Parvati）和刚乃虚(Ganesh)母子神像。那里面有一段长长的故事：

巴尔娃蒂是湿婆神的妻子，司音乐和文艺，略等于缪思（音乐系和中文系至今多半是女生读的），她的丈夫湿婆神虽然只是三位大天神里的一个，但一般而言却是民众最熟悉的一个，他嫉恶如仇专司惩罚性的破坏。而有一次，他因天下事务繁忙，许久没有回家，他的妻子巴尔娃蒂百无聊赖中搓搓自己的手臂，不意却搓出一个小男孩来（小男孩也是神，当然立刻就长大）。等父亲湿婆回来，竟发现一个少年当户把守。原来那天巴尔娃蒂正在沐浴，严嘱儿子看门，不可放任何人进来。他不认识湿婆是自己的父亲，当然也不准他进去。湿婆更为疑心，两下打起来，少年的头立刻被砍掉了。然后，湿婆才知道自己杀的是自己的儿子！好在孩子是神，砍了头一时不会死，只需重新安装回来便可，但奇怪的是砍下的头居然找不回来，眼看再找不着就不济事了，刚好有一队象走过，湿婆只好另外砍个象头安在儿子的脖子上。从此他的儿子就成了一个象头人身的神，他被当作“知识之神”，兼“幸运之神”。

平时庙里这些神都各有神座，但在印度大学的庙里不知为什么把巴尔娃蒂和刚乃虚放在一起，母在右，子在左，母亲用一块纯黑色的大石头雕成，端凝美丽，儿子用白而微红的小块大理石雕，一副乖巧作痴的模样。刚乃虚本来也算个人物，广受香火，但只因坐在母亲身边，便自有母子相依的动人处。我走了老远，想想不舍，又折回去仔细盯着看了一番。不是黑色大雕像动人，也不是白色小雕像动人，是两像之间视而不见的情意最是动人。

九

“这个城，一向被人叫作学习的和煎熬的城（ City of learning and burning)。”导游很权威地说。

“学习跟煎熬有什么关系？”我问。

“要受得住烧烤煎熬才学得成啊！”

“咱们中国人不是这样说的，”我笑起来，“我们说要学习就得忍受十年寒窗——大概你们太热了，才想出这样的成语。”

十

寒窗滴冰也罢，焦苦烧灼也罢，为人能像一条河，一面流一面能与别的河交汇错综而蔚为大地的叶脉网络，实在是件可奇可喜而又神圣万分的事。

树在。山在。大地在。
岁月在。我在。
你还要怎样更好的世界？

第四部分

一句好话

我的来处是一片雾，
勒马蔓草间，一垂鞭，
前尘往事，都到眼前。

不　识

两个人坐着谈话，其中一个是高僧，另一个是皇帝，皇帝说："你识得我是谁吗？我——就是这个坐在你对面的人。"

"不，不识。"

他其实是认识并了解那皇帝的，但是他却回答说"不识"。也许在他看来，人与人之间其实都是不识的。谁又曾经真正认识过另一个人呢？传记作家也许可以把翔实的资料一一列举，但那人却并不在资料里——没有人是可以用资料来加以还原的。

而就连我们自己，也未必识得自己吧？杜甫，终其一生，都希望做个有所建树救民水火的好官。对于自己身后可能以文章名世，他反而是不无遗憾的。他似乎从来不知道自己是有唐一代最优秀的诗人，如果命运之神允许他以诗才来换官位，他是会换的。

家人至亲，我们自以为极亲爱极了解的，其实我们所知道的也只是肤表的事件而不是刻骨的感觉。刻骨的感觉不能重现，它随风而逝，连事件的主人也不能再拾。

而我们面对面却瞠目不相识的，恐怕是生命本身吧？我们活着，却不知道何谓生命？更不知道何谓死亡？

父亲的追思会上，我问弟弟：

“追述生平，就由你来吧？你是儿子。”

弟弟沉吟了一下，说：

“我可以，不过我觉得你知道的事情更多些，有些事情，我们小的没赶上。”

然而，我真的知道父亲吗？

五指山上，朔风野大，阳光辉丽，草坪四尺下，便是父亲埋骨的所在。我站在那里一面看山下的红尘深处密如蚁垤的楼宇，一面问自己：“这墓穴中的身体是谁呢？”

虽然隔着棺木隔着水泥，我看不见，但我也知道那是一副溃烂的肉躯。怎么可以这样呢？一个至亲至爱的父亲怎么可以一霎时化为一堆陌生的腐肉呢？

也许从宗教意义言，肉体只是暂时居住的房子，屋主终有搬迁之日。然而，与原屋之间总该有个徘徊顾却之意吧？造物怎可以如此绝情，让肉体接受那化作粪壤的宿命？

我该承认这一抔黄土中的腐肉为父亲呢？或是那优游于鸿蒙中的才是呢？我曾认识过死亡吗？我曾认识过父亲吗？我愕然不知怎么回答。

“小的时候，家里穷，除了过年，平时都没有肉吃。如果有客人来，就去熟肉铺子切一点肉，偶然有个挑担子卖花生米小鱼的人经过，我们小孩子就跟着那人走。没得吃，看看也是好的，我们就这样跟着跟着，一直走，都走到隔壁庄子去了，就是舍不得回头。”

那是我所知道的，他最早的童年故事。我有时忍不住，想掏把钱塞给那九十年前的馋嘴小男孩。想买一把花生米小鱼填填他的嘴，并且叫他不要再跟着小贩走，应该赶快回家去了……

我问我自己，你真的了解那小男孩吗？还是你只不过在听故事？如果你不曾穷过饿过，那小男孩巴巴的眼神你又怎么读得懂呢？

我想，我并不明白那贫穷的小孩，那傻乎乎地跟着小贩走的小男孩。

读完徐州城里的第七师范的附小，他打算读第七师范，家人带他去见一位堂叔，目的是借钱。

堂叔站起身来，从一把旧铜壶里掏出二十一块银元，那只壶从梁柱上直吊下来，算是家中的保险柜吧？

读师范不用钱，但制服棉被杂物却都要钱，堂叔的那二十一块钱改变了父亲的一生。

我很想追上前去看一看那目光炯炯的少年，渴于知识渴于上进的少年。我很想看一看那堂叔看着他的爱怜的眼色。他必是族人中最聪明俊发的孩子，堂叔才慨然答应借钱的吧！听说小学时代，他每天上学都不从市内走路，嫌人车杂沓，他宁可绕着古城周围的城墙走，城墙上人少，他一面走，一面大声背书。那意气飞扬的男孩，天下好像没有可以难倒他的事。他走着、跑着，自觉古人的智慧因背诵而尽入胸中，一个志得意满的优秀小学生。

然而，我真认识那孩子吗？那个捧着二十一块银元来向这个世界打天下的孩子。我平生读书不过只求随缘尽兴而已，我大概不能懂得那一心苦读求上进的人，那孩子，我不能算是深识他。

“台湾出的东西，有些我们老家有，像桃子。有些我们老家没有，像木瓜芭乐。”父亲说，“没有的，就不去讲它，凡是有的，我们老家的就一定比台湾好。”

我有点反感，他为什么一定要坚持老家的东西比这里好呢？他离开老家都已经这么多年了，为什么还坚持老家的最好？

“譬如说这香椿吧。”他指着院子里的香椿树，台湾的，“长这么细细小小一株。在我们老家，那可是和榕树一样的大树咧！而且台湾是热带，一年到头都能长新芽，那芽也就不嫩了。在我们老家，只有春天才冒得出新芽来，所以那个冒法，你就不知道了。忽然一下，所有的嫩芽全冒出来了，又厚又多汁，大人小孩全来采呀，采下来用盐一揉，放在格架上晾，一面晾，那架子上腌出来的卤汁就呼噜——呼噜——地一直流，下面就用盆接着，那卤汁下起面来，那个香呀——”

我吃过韩国进口的盐腌香椿芽，从它的形貌看来，揣想它未腌之前一定也极肥厚，故乡的香椿芽想来也是如此。但父亲形容香椿在腌制的过程中竟会“呼噜——呼噜——”流汁，我被他言语中的象声词所惊动，那香椿树竟在我心里成为一座地标，我每次都循着那株椿树去寻找父亲的故乡。

但我真的明白那棵树吗？我真的明白在半个世纪之后，坐在阳光璀璨的屏东城里，向我娓娓谈起的那棵树吗？

父亲晚年，我推轮椅带他上南京中山陵，只因他曾跟我说过：

“总理下葬的时候，我是军校学生，上面在我们中间选了些人去抬棺材。我被选上了，事先还得预习呢！预习的时候棺材里都装些石头……”

他对总理一心崇敬——这一点，恐怕我也无法十分了然。我当然也同意孙中山是可佩服的，但恐怕未必那么百分之百心悦诚服。

能有一人令你死心塌地，生死追随，不作他想，父亲应该是幸福的。——而这种幸福，我并不能体会。

父亲说，他真正的兴趣在生物，我听了十分错愕。我还一直以为是军事学呢！抗战前后，他加入了一个国际植物学会，不时向会里提供全国各地植物的资讯，我对他惊人的耐心感到不解。由于职业的关系，他跑遍大江南北，他将各地的萝卜、茄子、芹菜、白菜长得不一样的情况一一汇集报告给学会。在那个时代，我想那学会接到这位中国会员热心的讯息，也多少要吃一惊吧？

啊，他究竟是怎样的一个人呢？我对他万分好奇，如果他晚生五十年，如果他生而为我的弟弟，我是多么愿意好好培植他成为一个植物学家啊！在那一身草绿色的军服下面，他其实有着一颗生物学者的心。我小时候，他教导我的，几乎全是生物知识，我至今看到螳螂的卵仍十分惊动，那是我幼年行经田野时父亲教我辨认的。

每次他和我谈生物的时候，我都惊讶，仿佛我本来另有一个父亲，却未得成长践形。父亲也为此抱憾吗？或者他已认了？

而我不知道。

年轻时的父亲，有一次去打猎，一枪射出，一只小鸟应声而落。他捡起小鸟一看，小鸟已肚破肠流，他手里提着那温热的肉体，看着那腹腔之内一一俱全的五脏，忽然决定终其一生不再射猎。

父亲在同事间并不是一个好相处的人，听母亲说有人给他起个外号叫“杠子手”，意思是耿直不圆转，他听了也不气，只笑笑说“山难改，性难移”。他是很以自己的方正棱然自豪的，从来不屑于改正。然而这个清晨，在树林里，对一只小鸟，他却生慈柔之心，誓言从此不射猎。

父亲的性格如铁如砧，却也如风如水——我何尝真正了解过他？

《红楼梦》第一百二十回，贾政眼看着光头赤脚身披红斗篷的宝玉向他拜了四拜，转身而去，消失在茫茫雪原里，说：“竟哄了老太太十九年，如今叫我才明白——”

贾府上下数百人，谁又曾明白宝玉呢？家人之间，亦未必真能互相解读吧？

我于我父亲，想来也是如此无知无识。他的悲喜、他的起落、他的得意与哀伤、他的憾恨与自足，我哪里都能一一探知、一一感同身受呢？

蒲公英的散蓬能叙述花托吗？不，它只知道自己在一阵风后身不由己地和花托相失相散了，它只记得叶嫩花初之际，被轻轻托住的安全的感觉。它只知道，后来，就一切都散了，胜利的也许是生命本身，草原上的某处，会有新的蒲公英冒出来。

我终于明白，我还是不能明白父亲。至亲如父女，也只能如此。世间没有谁识得谁，正如那位高僧说的。

我觉得痛，却亦转觉释然，为我本来就无能认识的生命，为我本来就无能认识的死亡，以及不曾真正认识的父亲。原来没有谁可以彻骨认识谁，原来，我也只是如此无知无识。

一个人，
如果一生之中可以认定一条河去饮于其中，
沐于其中，生于其中，死于其中，
不管别人怎样看他，
思想起来仍是一件令人眼湿的情感。

如果有人骂你“隔聊”

如果有人向你说一句话，那声音听起来是这样的：

“你是‘隔聊’！”

你一定纳闷：

“‘阁聊’或‘阁僚’是什么呀？‘阁揆’倒听过，‘阁僚’难道是指行政院里的僚属吗？”

“哼，我说的不是你说的那两个字！”

唉，中文同音字太多了！你只好请对方再用字的形状来表述一番。

于是他回答：

“‘獦’吗，就是犬字旁加一个诸葛亮的葛。‘獠’吗，就是遼（辽）远的遼（辽），换个犬字边！这两个字读作‘隔聊’。”

“那，‘獦獠’又是什么意思？两个字都有犬字边哩！是一种新品种的宠物吗？”

“哼！碰到你这种没学问的人真把人活活气死！獦是介乎狼和狗之间的野兽；獠，是中国西南方的蛮夷（顺便一提，獠有四个念法，‘辽、了、老、找'），我说你是'獦獠'，是指你是野蛮人，是禽兽。唉！骂了你还要负责向你解释骂词的意义，也真累呀！”

骂人，其实是很大的学问。理论上，人有一根舌头，这舌头可以说赞美的话，可以传递安慰之声，可以唱出九天之籁，可以提出睿智的见解以解人之惑，可以用梦寐的声音说它一辈子情话……但以上纯属理论。在现实生活里，我看大多数人的舌头，经常磨得光光利利，并且专事骂人。原来骂人是人类非常重要的生活手段，当然，也是极艰难的语言艺术。人性大概本恶吧？故嘉言懿语，百世一闻，訾诟谩骂，则每条街上皆时时可听到。而且，赞美十之八九为虚情假意，但骂人之言，除了极少数例外，倒是鲜血淋漓，货真价实。

骂人当然必须有骂词，骂词又分两大系统：第一是名词系统，第二是动词系统。名词系统仔细分来又有两支，其一是纯名词（如“你是猪”“你是王八蛋”），其二是加了形容词的名词（如“你是烂货”“你是笨猪”）。至于动词，则多和性动作有关。

曾经有一个时代，如果你骂一个男人：

“你简直是个娘儿们！'

他受此奇耻大辱，将你一刀毙命，观者（也就等于今日的陪审团吧！）会认为你罪有应得，谁叫你骂人骂得如此狠绝呀！

莎剧中也有类似的骂词，如果翻得传神一点，就是：

“哼，像你这样没种的货色，你的名字该叫作'女人'！”

高贵的人类遭骂为脏卑的猪，这叫“骂人”。勇壮的男人被骂成了愚蠢下贱的女人，这也叫“骂人”。噢！原来“女人”一词是用来骂人的话！

如果你是个天真无邪的人，或者说，你是台湾谚语中所形容的“天公所疼爱”的那种憨憨愣愣的人，如果你并不觉得对女孩子说“呀！你英风飒飒，真是女中丈夫”是赞美，也不认为对男人说“你看你！一副娘娘腔”是訾诟，那么，你自自然然不费吹灰之力就已经到达了范仲淹所说的“宠辱偕忘”的境界。

别人赞你，你不觉增加了什么，因而并不觉得飘飘然；别人骂你，你不觉得遭受了什么屈辱，心头没有怨恨交织的煎熬，那是多大的解脱啊！

据说有人去法院申告，说，有人骂他是河马——在二十年前。法官不禁好奇：

“那么，为什么你等了二十年才来告状呢？”

“因为，”原告十分气愤，“我昨天才第一次看到河马！”

如果他终生没有见过河马呢？如果他见到河马的时候忍不住喜欢上那庞大憨厚的生物了呢？

那么，那骂词就不存在了。

能消灭掉对方的骂，是多么福气的事啊！像下面这些骂人的话，你都不必动怒：

“哼！有色人种！”（奇怪了，难道白色是透明的吗？白色不也有色吗？）

“你这外省人！”（你曾祖父的曾祖父也是外省人！）

“神经病！”（精神病只是一种病名，怎么可以拿来骂人？难道我们可以骂人“你是糖尿病！”“你是血癌”吗？）

说到这里，让我们把话题拉回文章开头的那句“你是獦獠”上去。骂这句话的人其实是一千二百年前的一位高僧，他的大名是“五祖弘忍”。此人原来也有“地域情结”，当时有位广东来的年轻人，他翻山越过大庾岭，历尽千辛万苦来到湖北黄梅山，意欲求道，不料竟遭大师骂了一句：

“你们这种广东来的南蛮子，跟山上的野兽一样，还来学什么道！”

好在来者并没被骂倒，事实上他也并不是纯广东人，他的父亲原是河北人，贬官贬到广东肇庆南部，父亲死后他们迁居到南海（靠近广州），他当下很安详地回答：

“人，虽然有南方人、北方人的分别，至于论到灵性，那就没有什么南北之别了！獦獠，獦獠又怎么样？獦獠的天性跟你这位师父又有什么差别？”

五祖弘忍不是笨人，当下为之一震。

五祖的行为，你可以视为一时的偏见，他沿袭“以北方为本位”的传统，而随口侮辱了南方人。当然，如果你生性特别善良宽厚，硬要把那句骂人的话当作特意的试探，也无不可。

这位年轻的求道者姓卢，后来起名叫惠能，他当时已连走了三十天的路程。一千公里的烈日与风霜他已咬牙挺过，遇到山要攀爬，遇到水要揭衣涉过。吃了这么多苦，岂可为一句“你是獦獠，不配闻道”而吓退？这南方来的连大字都不识一个的砍柴小子，居然大着胆子跟一代宗师抗辩。对，你要侮辱人，你要拒绝我，那是你的事，可是我已经决定，我是一个不被侮辱的人。你可以骂我，但我并不是你骂的那种东西，我是我，而且，我要一心求道。

我是水晶，鼬鼠散布的臭气不能把我熏得难闻。

我是月光，乌贼喷射的墨汁无法令我蒙尘。

那天，他顺利地成了大师的弟子。若干年后，他继承了衣钵，人称六祖。有趣的是，五祖后来有时还继续开玩笑地叫惠能为“獦獠”，他说：

“哎呀，这个獦獠，他天生的根性可厉害着哩！”

遭人“地域歧视”，被骂作“獦獠”，便因而愤懑自弃，变成不良少年，这事似乎言之成理。但故事情节不一定要这样发展，有人挨骂，当下便委婉地顶了回去，因而感悟了骂人的人，并且终于成为继承大统的一代宗师。

骂人的事将来会世代不绝，不管到公元三千或公元四千年，我敢预言，只要有两个以上的人类生存在这地球上，其中一个便会遭到另一人的訾骂。但是，至于我们要不要签收别人送来的訾骂，还是郑重璧还，那便要看各人的智能层次了。

咱们小人物要多多说话

“狠狗不叫，叫狗不狠”，这条“狗之定律”对人类而言也完全适用。

可叵少年时期就曾经一再斟酌，到底我这辈子是该做“光咬不叫的狠狗”呢，还是“光叫不咬的虚张声势的狗”呢？这件事既是大事，宜乎仔细观察，慢慢决定。

可叵到大公司里去看，小职员毕恭毕敬：“报告董事长，关于上一次货柜的事件，为了避免以后发生同样的问题，我们业务组已经研究了一个方案……”董事长用鼻子回答一声：“嗯。”

可叵又到某某家庭去看，只见李大毛正委委曲曲地陈情：“橡皮和铅笔都涨价了，玻璃弹珠也涨了，王小华和张阿花的零用钱也加了，全班就剩我的零用钱最少了。妈妈说，如果你同意，她下个礼拜就把我的五块钱改成十块钱……”做爸爸的从烟圈和报纸之间丢下一句：“唔。”

可叵于是恍然大悟，原来做大人物的人只须会说“唔”或“嗯”就够了。看来“大人物”这种行业是蛮容易当的。

尤其奇怪的是，除了说话，在文字方面，大人物也倾向低能。小人物洋洋洒洒地写了上万字的陈情书，大人物只须回一个“可”或“不可”（大人物如果学问大些，知道“不可”可以简写为“叵”，那就更省事了），而“可”与“不可”，都是小学一年级就会写的字，我有点怀疑大人物是因为功课不好才去当大人物的。

除此之外，可叵也效法伏羲，去观察鸟兽之道，才发现道理竟也相同。原来老鹰是不爱说话的，说话的是些吱吱喳喳的小八哥。而狮子呢，只会“呜”的一声，吼完了事，猫咪却咪咪喵喵地唠叨个没完。

两相比较之下，当然是做大人物为好，既简单，又利落，不会说话不会写字都不妨事。可是，说来悲哀，所谓万事不由人，正在可叵决定要做大人物的时候，才猛然在镜子里看到自家额头上早经上帝打好了“小人物”的“正字标记”了。

好在可叵当年研究此事之际，对于小人物要如何生存之道早已十分了然于胸，朱元璋一旦获知自己是“真命天子”时，未必知道该如何做真命天子，可叵获知自己是“真命小人物”之后，倒非常驾轻就熟，做得有模有样。

而咱们小人物的第一要件，就是要不停地说话。大象不说话，谁都会看见它在那里，但秋虫呢，当然就应该“唧唧复唧唧”啦，否则谁知道世界上有一个你呢！

有人颇不能想通可叵为什么以“中学生的三分头”为己任，唉，答案很简单，如果可叵是大人物，能“点一头而全天下之发”，你想我还会叽叽咕咕地说个没完没了吗？

说吧，说吧，凡我小人物，大家务要多做发声运动，以免牙齿生苔，既可增进自我身心健康，又可帮助大人物，免得他们连“嗯”和“唔”怎样说，或“可”和“不可”怎么写都忘了。

小人物啊，勉哉斯言！

你受过伤，受过痛苦，
但那些会过去，
伤痕会收缩成脚后跟的一个小小的疤，
而你自己，却早已大步地走过很长很远的路了。

每个人都能把生命唱成一首不经什么人指导的纯朴动人的歌。

陈年老茶

香港街头，是一个奇怪的地方，她是古老的龙鳞闪烁，她是东方珍珠暧昧的魔光。她是故国，她是他乡。她是大英帝国最后的虚荣，她是余风犹存的小小渔港。我爱逛香港的街。

终于在一个茶叶店门前停下脚，茶店名叫 X 记茶行，是个百年老店了，虽然门面不大。但茶叶店原来就不需多大的，老茶行自有一番郁郁沉沉的潜德幽光。茶香细细，在下午的斜阳中如天女纺纱，云疋流泻一地，并且逐渐漫出室外，铺满大街，横绝人世。令人想起很多好东西，例如岁月，例如星河，例如夏天夜里从来没能听完就已沉沉睡去的长长童话故事……

X 记茶行，其实不是我的乡愁，是我朋友 M 的乡愁。她因小时候住过香港，X 记便成了她童年记忆中永恒的烙印。我今站在此，仿佛犹见当日的那个小女孩，当年的茶行一定曾是长街上非常了不起的一座坐标吧！

我来此，也许只为向百年致敬，并不为买茶叶。出门在外，习惯上我总带一包台湾茶的。我带的那包茶上印了一行字：

“保存期限一年。”

我收拾行李的时候倒也没有仔细想过这句话，现在站在X记茶行里，发现某个看似珍藏的茶罐外写了一排字，倒忍不住惊奇了。那字这样说：

“陈年老茶，治小儿肚痛。”

我于是去问老板：

“陈年老茶，到底多老呢？”

“都有呀，二十年，三十年，都有呀！”

咦？看来陈茶如陈酒，都是难得的极品。奇怪，我行囊中的那包其保存期限规定是一年，这茶行却卖着二三十年前的老茶。我不懂茶，不知道透过什么手续，新茶就能变成好“陈茶”，可以封入细致的瓷罐里，年复一年，不减其芬芳，只增其酽美。

某出版社要重出我的四本书，都是二十年前的旧作了，我有点畏惧，几乎想逃避。校对之际尤感艰难，简直仿佛要跟一位老同学打交道似的，我得面对昔日的我，我得坐下来和她细话当年。

曾经是新采的茶菁，曾经在叶脉上犹然含着朝露腻着月光，而这一切如今已制定为一罐茶——然而，它是过了保存期限的作废茶，抑是老茶行小瓷罐里的陈年老茶（可以治疗某个消化不良的小儿的肚痛的）？这个问题对每个书写者而言都等于在下一份无情的战书，而书写者本身并没有资格回答这问题——有资格回答的人是读者。

没有烟火可以持续辉耀二十年，没有掌声可以一直鼓响二十年，唯陈年老茶可以甘醇沉厚，入喉柔粹深美。

我能这样期待自己的作品吗？

当子夏哭瞎了他的老眼

“死亡”不是“意外”，“活着”才是。

对，活是意外，因为一切的侵扰都可以令“活着”这件事停摆。撞一下，跌一下，烧一下，冻一下，都可以死人。此外，连我们身体的本身也是个专出毛病的脆弱性怪物：心脏、肝脏、肺脏会出毛病，肠子、胃、骨头、血、皮肤也无一不会出毛病。如果一切顺利，什么状况都没有发生，我认为这叫侥幸，这才叫意外。

如果有人年纪轻轻就死了，这件事不能叫意外，它只能算是“发生率比较少的事”，但它绝不是意外。“死亡”是“降生”的“买一送一”的赠品，是强迫中奖，你不能拒绝，除非你拒绝出生。

在一切与死亡接触的个案里，至痛至痛的剥离是哪一种呢？我想是父母遭死亡剥离了孩子。

孩子稚拙可爱，他们的小脸红润饱满，眼睛灿亮如黑晶石。他们对我们而言是疾病的绝缘体，他们随时在我们全心全意无微不至的爱顾下，我们竟误以为他们是安全的，是百毒不侵的。

然而，他们居然也会消失，他们也会匆匆加入死亡的行列。台语有句谚语说“棺材装臭，不装老”，那句话清晰残酷。死就是失去生命，就是成为腐肉，就是必须从活人的生活圈里排挤出去，就是走入蔓草荒烟的坟场。棺材是装死者的，而死者不一定是老者，他也可能是孩童。

书上记着：“子夏（孔子的学生）丧其子而丧其明（瞎了）。”我想他是忍不住而哭瞎了自己的老眼。到了这种时候，连孔子的哲学也安慰不了他。

对于一朵蓓蕾的凋谢，我们能说什么呢？除了痛哭。命运对某些父母不够仁慈，但即使面对残酷的命运，也必须苦熬下去。

孩子短促的生命像草间的晨露，在转眼间被朝阳晒干了。然而我们必须活下去，苦熬着活下去——如果我们不好好活着，谁能帮助这人世来记得那笑容如花的脸孔呢？别人不会来帮我们记得，我们要自己来记得。

而且，站在宗教的立场，我们可以相信那颗蒸发掉的露水并没有消灭，他只是用气体的方式存在罢了。我们和我们所至爱的亡逝者终究会重逢的——既然我们都继续存在。

子夏也许会哭瞎老眼，但生命的轭仍须背负，生命的路仍须前行。

一双小鞋

说起来，我的收藏品多半是路边捡来的，少半是以极便宜的价钱买的。只有偶然一两件是贵东西，其中一件是双旧鞋子。挂在墙上，非常不起眼，却花了我大约五千元台币。

我之所以买那双鞋是因为那是双旧式的小脚女人的鞋子。小鞋子我倒也看过许多，博物馆里有那小鞋绣得五彩斑斓，耀目生辉，大小差不多只够塞一只男人的大拇指，真是不可思议。其实那种鞋不是人穿的，是女信徒做来供奉给神明穿的——当然是供给女性神明。至于中国女人为什么认为女神也是裹小脚的？倒也费人思索，值得写出一本大书来。

而我买的这双鞋长度大约十六七公分，是女人穿的，而且穿得有些旧了。我把它挂在一块木板上，木板上还有另外收藏的六双鞋，多半是些小孩的虎头鞋凤头鞋，色泽活泼鲜丽。只有这双鞋，灰扑扑的，仿佛京剧里的苦旦穿着它走了千里万里了。每一根经线都是忍耐，每一根纬线都是苦熬。

我买这样一双鞋，挂在那里，是提醒我自己，女人，曾经是个受苦的族类。我今天能大踏着一双天足跑来跑去是某些先贤力争的结果——这一切，其实得来不易。

对先辈的女人我也充满敬意，她们终生拖着一双扭曲骨折的脚。但碰到逃荒的岁月，却也一样跑遍大江南北，她们甚至也下田也担水，也做许多粗活。她们是怎样熬过来的？她们令我惊奇，令历史惊奇。

望着那双不知哪一位女人穿过的小鞋，我的思绪不觉被牵往幽渺的年代。那女人可能只是个普通人家的妇女——如果是有钱人家，脚就会裹得更小，因为不太需要劳动——鞋子是黑布做的，不是华美典丽的那种，而且那黑色已穿得泛了灰，看来是走了不少路了。鞋上的绣花也适可而止，不那么花团锦簇。总之，那鞋怎么看都是贫苦妇女的鞋子，而贫苦妇女其实也就是受难妇女的同义词吧？我之所以买下这双灰头土脸的鞋子，其实也是对逝去年月中的受苦者的一点思忆之情吧？

讽刺的是，今天这个时代虽没有人会为小女孩裹脚了，可是女子的生命果真已是自由的不受摧折的生命吗？

当魔魇似的紧箍咒从脚趾移开的时候，它会不会变了相又钻到头脑和心灵里去了？不“裹脚”的女子能保证自己是不“裹脑”、不“裹心”的女子吗？

我常常呆望着那双小鞋而迷惑起来。

行道树

每天，每天，我都看见它们，它们是已经生了根的——在一片不适于生根的土地上。

有一天，一个炎热而忧郁的下午，我沿着人行道走着，在穿梭的人群中，听自己寂寞的足音。忽然，我又看到它们，忽然，我发现，在树的世界里，也有那样完整的语言。

我安静地站住，试着去理解它们所说的一则故事：

我们是一列树，立在城市的飞尘里。许多朋友都说我们是不该站在这里的，其实这一点，我们知道得比谁都清楚。我们的家在山上，在不见天日的原始森林里。而我们居然站在这儿，站在这双线道的马路边，这无疑是一种堕落。我们的同伴都在吸露，都在玩凉凉的云。而我们呢？我们唯一的装饰，正如你所见的，是一身抖不落的煤烟。

是的，我们的命运被安排定了，在这个充满车辆与烟囱的工业城里，我们的存在只是一种悲凉的点缀。但你们尽可以节省下你们的同情心，因为，这种命运事实上也是我们自己选择的——否则我们不会在春天勤生绿叶，不必在夏日献出浓荫。神圣的事业总是痛苦的，但是，也唯有这种痛苦能把深度给予我们。

当夜来的时候，整个城市都是繁弦急管，都是红灯绿酒。而我们在寂静里，我们在黑暗里，我们在不被了解的孤独里。但我们苦熬着把牙龈咬得酸疼，直等到朝霞的旗冉冉升起，我们就站成一列致敬——无论如何，我们这城市总得有一些人迎接太阳！如果别人都不迎接，我们就负责把光明迎来。

这时，或许有一个早起的孩子走过来，贪婪地呼吸着鲜洁的空气，这就是我们最自豪的时刻了。是的，或许所有的人都早已习惯于污浊了，但我们仍然固执地制造着不被珍视的清新。落雨的时分也许是我们最快乐的，雨水为我们带来故人的消息，在想象中又将我们带回那无忧的故林。我们就在雨里哭泣着，我们一直深爱着那里的生活——虽然我们放弃了它。立在城市的飞尘里，我们是一列忧愁而又快乐的树。

故事说完了，四下寂然，一则既没有情节也没有穿插的故事，可是，我听到了它们深深的叹息。我知道，那故事至少感动了它们自己。然后，我又听到另一声更深的叹息——我知道，那是我自己的。

母子一场，
只能看作一把借来的琴弦，
能弹多久，便弹多久，
但借来的岁月毕竟是有其归还期限的。

你不能要求简单的答案

年轻人啊，你问我说：

“你是怎样学会写作的？”

我说：

“你的问题不对，我还没有‘学会’写作，我仍然在‘学’写作。”

你让步了，说：

“好吧，请告诉我。你是怎么学写作的？”

这一次，你的问题没有错误，我的答案却仍然迟迟不知如何出手，并非我自秘不宣——但是，请想一想，如果你去问一位老兵：

“请告诉我，你是如何学打仗的？”

——请相信我，你所能获致的答案绝对和“驾车十要”或“计算机入门”不同。有些事无法做简单的回答，一个老兵之所以成为老兵，故事很可能要从他十三岁那年和弟弟一起用门板扛着被日本人炸死的爹娘去埋葬开始，那里有其一生的悲愤郁结，有整个中国近代史的沉痛、伟大和荒谬。不，你不能要求简单的答案，你不能要一个老兵用明白扼要的字眼在你的问卷上做填充题，他不回答则已，如果回答，就必须连着他一生的故事。你必须同时知道他全身的伤疤，知道他的胃溃疡，知道他五十年来朝朝暮暮的豪情与酸楚……

年轻人啊，你真要问我跟写作有关的事吗？我要说的也是：除非我不回答你，要回答，其实也不免要夹上一生啊！（虽然一生并未过完）一生的受苦和欢悦，一生的痴意和决绝忍情，一生的有所得和有所舍。写作这件事无从简单回答，你等于要求我向你述说一生。

两岁半，年轻的五姨教我唱歌，唱着唱着，我就哭了，那歌词是这样的：

“小白菜呀，地里黄呀，两三岁上呀，没了娘呀……生个弟弟比我强呀……弟弟吃面，我喝汤呀……”

我平日少哭，一哭不免惊动妈妈，五姨也慌了，两人追问之下，我哽咽地说出原因：

“好可怜啊，那小白菜，后娘只给她喝汤，喝汤怎么能喝饱呢？”

这事后来成为家族笑话，常常被母亲拿来复述，我当日大概因为小，对孤儿处境不甚了然，同情的重点全在“弟弟吃面她喝汤”的层面上，但就这一点，后来我细想之下，才发现已是“写作人”的根本。人人岂能皆成孤儿而后写孤儿？听孤儿的故事，便放声而哭的孩子，也许是比较可以执笔的吧。我当日尚无弟妹，在家中娇宠恣纵，就算逃难，也绝对不肯坐人挑筐。挑筐因一位挑夫可挑前后两箩筐，所以比较便宜。千山迢迢，我却只肯坐两人合抬的轿子，也算是一个不乖的小孩了。日后没有变坏，大概全靠那点善于与人认同的性格。所谓“常抱心头一点春，须知世上苦人多”的心情，恐怕是比学问、见解更为重要的人之所以为人的本源。当然它也同时是写作的本源。

七岁，到了柳州，便在那里读小学三年级。读了些什么，一概忘了，只记得那是一座多山多水的城，好吃的柚子堆在浮桥的两侧卖。桥在河上，河在美丽的土地上。整个逃离的途程竟像一场旅行。听爸爸一面算计一面说："你已经走了大半个中国啦！从前的人，一生一世也走不了这许多路的。"小小年纪当时心中也不免陡生豪情侠义。火车在山间蜿蜒，血红的山踯躅开得满眼，小站上有人用小砂甑焖了香肠饭在卖，好吃得令人一世难忘。整个中国的大苦难我并不了然，知道的只是火车穿花而行，轮船破碧疾走，一路懵懵懂懂南行到广州，仿佛也只为到水畔去看珠江大桥，到中山公园去看大象和成天降下祥云千朵的木棉树……

那一番大搬迁有多少生离死别，我却因幼小只见山河的壮阔，千里万里的异风异俗。某一夜的山月，某一春的桃林，某一女孩的歌声，某一城垛的黄昏，大人在忧思中不及一见的景致，我却一一铭记在心，乃至一饭一蔬一果，竟也多半不忘。古老民间传说中的天机，每每为童子见到，大约就是因为大人易为思虑所蔽。我当日因为浑然无知，反而直窥入山水的一片清机。山水至今仍是那一砚浓色的墨汁，常容我的笔有所汲饮。

小学三年级，写日记是一个很痛苦的回忆。用毛笔，握紧了写（因为母亲常绕到我背后偷抽毛笔，如果被抽走了，就算握笔不牢，不合格）。七岁的我，哪有什么可写的情节，只好对着墨盒把自己的日子从早到晚一遍遍地再想过。其实，等我长大，真的执笔为文，才发现所写的散文，基本上也类乎日记。也许不是"日记"而是"生记"，是一生的记录。一般的人，只有幸"活一生"，而创作的人，却能"活两生"。第一度的生活是生活本身；第二度是运用思想再追回它一遍，强迫它复现一遍。萎谢的花不能再艳，磨成粉的石头不能重坚，写作者却能像呼唤亡魂一般把既往的生命唤回，让它有第二次的演出机缘。人类创造文学，想来，目的也即在此吧？我觉得写作是一种无限丰盈的事业，仿佛别人的卷筒里填塞的是一份冰淇淋，而我的，是双份，是假日里买一送一的双份冰淇淋，丰盈满溢。

也许应该感谢小学老师的，当时为了写日记把日子一寸寸回想再回想的习惯，帮助我有一个内省的深思人生。而常常偷偷来抽笔的母亲，也教会我一件事：不握笔则已，要握，就紧紧地握住，对每一个字负责。

八岁以后，日子变得诡异起来，外婆猝死于心脏病。她一向疼我，但我想起她来却只记得她拿一根筷子、一片铜制钱，用棉花自己捻线来用。外婆从小出身富贵之家，却勤俭得像没隔宿之粮的人。其实五岁那年，我已初识死亡，一向带我的用人在南京因肺炎而死，不知是几“七”，家门口铺上炉灰，等着看他的亡魂回不回来，铺炉灰是为了检查他的脚印。我至今几乎还能记起当时的惧怖，以及午夜时分一声声凄厉的狗号。外婆的死，再一次把死亡的剧痛和荒谬呈现给我，我们折着金箔，把它吹成元宝的样子，火光中我不明白一个人为什么可以如此彻底消失了。葬礼的场面奇异诡秘，“死亡”一直是令我恐惧乱怖的主题——我不知该如何面对它。我想，如果没有意识到死亡，人类不会有文学和艺术。我所说的“死亡”，其实是广义的，如即聚即散的白云，旋开旋灭的浪花，一张年头鲜艳年尾破败的年画，或是一支心爱的自来水笔，终成破敝。

文学对我而言，一直是那个挽回的“手势”。果真能挽回吗？大概不能吧？但至少那是个依恋的手势、强烈的手势，照中国人的说法，则是个天地鬼神亦不免为之愀然色变的手势。

读五年级的时候，有个陈老师很奇怪地要我们几个同学来组织一个“绿野”文艺社。我说“奇怪”，是因为他不知是有意或无意的，竟然丝毫不拿我们当小孩子看待。他要我们编月刊；要我们在运动会里做记者并印发快报；他要我们写朗诵诗，并且上台表演；他要我们写剧本，而且自导自演。

我们在校运会中挂着记者条子跑来跑去的时候，全然忘了自己是个孩子，满以为自己真是个记者了，现在回头去看才觉好笑。我如今也教书，很不容易把学生看作成人，当初陈老师真了不起，他给我们的虽然只是信任而不是赞美，但也够了。我仍记得白底红字的油印刊物印出来之后，我们去一一分派的喜悦。

我间接认识一个名叫安娜的女孩，据说她也爱诗。她要过生日的时候，我打算送她一本《徐志摩诗集》。那一年我初三，零用钱是没有的，钱的来源必须靠“意外”，要买一本十元左右的书因而是件大事。于是我盘算又盘算，决定一物两用。我打算早一个月买来，小心地读，读完了，还可以完好如新地送给她。不料一读之后就舍不得了，而霸占礼物也说不过去，想来想去，只好动手来抄，把喜欢的诗抄下来。这种事，古人常做，复印机发明以后就渐成绝响了。但不可解的是，抄完诗集以后的我整个和抄书以前的我不一样了。把书送掉的时候，我竟然觉得送出去的只是形体，一切的精华早为我所吸取，这以后我欲罢不能地抄起书来，例如：从老师处借来的冰心的《寄小读者》，或者其他散文、诗、小说，都小心地抄在活页纸上。感谢贫穷，感谢匮乏，使我懂得珍惜，我至今仍深信最好的文学资源是来自双目也来自腕底。古代僧人每每刺血抄经，刺血也许不必，但一字一句抄写的经验却是不应该被取代的享受。仿佛玩玉的人，光看玉是不够的，还要放在手上抚触，行家叫“盘玉”。中国文字也充满触觉性，必须一个个放在纸上重新描摹——如果可能，加上吟哦会更好，它的听觉和视觉会一时复苏起来，活力弥新。当此之际，文字如果写的是花，则枝枝叶叶芬芳可攀；如果写的是骏马，则嘶声在耳，鞍辔光鲜，真可一跃而去。我的少年时代没有电视，没有电动玩具，但我反而因此可以看见希腊神话中赛克公主的绝世美貌，黄河冰川上的千古诗魂……

读我能借到的一切书，买我能买到的一切书，抄录我能抄录的一切片段。

刘邦、项羽看见秦始皇出游，便跃跃然有“我也能当皇帝”的念头，我只是在看到一篇好诗好文的时候有“让我也试一下”的冲动。这样一来，只有对不起国文老师了。每每放了学，我穿过密生的大树，时而停下来看一眼枝丫间乱跳的松鼠，一直跑到国文老师的宿舍，递上一首新诗或一阕词，然后怀着等待开奖的心情，第二天再去老师那里听讲评。我平生颇有“老师缘”，回想起来皆非我善于撒娇或逢迎，而在于我老是“找老师的麻烦”。我一向是个麻烦特多的孩子，人家两堂作文课写一篇五百字“双十节感言”交差了事，我却抱着本子从上课写到下课，写到放学，写到回家，写到天亮，把一个本子全写完了，写出一篇小说来。老师虽一再被我烦得要死，却也对我终生不忘了。少年之可贵，大约便在于胆敢理直气壮地去麻烦师长，即使有老天爷坐在对面，我也敢连问七八个疑难（经此一番折腾，想来，老天爷也忘不了我），为文之道其实也就是为人之道吧？能坦然求索的人必有所获，那种渴切直言的探求，任谁都要稍稍感动让步的吧？（这位老师名叫钟莲英，后来她去了板桥艺大教书。）

你在信上问我，老是投稿，而又老是遭人退稿，心都灰了，怎么办？

你知道我想怎样回答你吗？如果此刻你站在我面前，如果你真肯接受，我最诚实最直接的回答便是一阵仰天大笑：“啊！哈——哈——哈——哈——哈……”笑什么呢？其实我可以找到不少“现成话”来塞给你作标准答案，诸如“勿气馁”啦，“不懈志”啦，“再接再厉”啦，“失败为成功之母”啦，可是，那不是我想讲的。我想讲的，其实就只是一阵狂笑！

一阵狂笑是笑什么呢？笑你的问题离奇荒谬。

投稿，就该投中吗？天下哪有如此好事？买奖券的人不敢抱怨自己不中，求婚被拒绝的人也不会到处张扬，开工设厂的人也都事先心里有数，这行业是“可能赔也可能赚”的。为什么只有年轻的投稿人理直气壮地要求自己的作品成为铅字？人生的苦难千重，严重得要命的情况也不知要遇上多少次。生意场上、实验室里、外交场合，安详的表面下潜伏着长年的生死之争。每一类的成功者都有其身经百劫的疤痕，而年轻的你却为一篇退稿陷入低潮？

记得大一那年，由于没有钱寄稿（虽然稿件视同印刷品，可以半价——唉，邮局真够意思，没发表的稿子他们也视同印刷品呢！——可惜我当时连这半价邮费也付不出啊），于是每天亲自送稿，每天把一番心血交给门口警卫以后便很不好意思地悄悄走开——我说每天，并没有记错，因为少年的心易感，无一事无一物不可记录成文，每天一篇毫不困难。胡适当年责备少年人“无病呻吟”，其实少年在呻吟时未必无病，只因生命资历浅，不知如何把话删削到只剩下“深刻”，遭人退稿也是活该。我每天送稿，因此每天也就可以很准确地收到两天前的退稿，日子竟过得非常有规律起来，投稿和退稿对我而言就像有“动脉”就有“静脉”一般，是合乎自然定律的事情。

那一阵投稿我一无所获——其实，不是这样的，我大有斩获，我学会用无所谓的心情接受退稿。那真是“纯写稿”，连发表不发表也不放在心上。

如果看到几篇稿子回航就令你沮丧消沉——年轻人，请听我张狂的大笑吧！一个怕退稿的人可怎么去面对冲锋陷阵的人生呢？退稿的灾难只是一滴水一粒尘的灾难，人生的灾难才叫排山倒海呢！碰到退稿也要沮丧——快别笑死人了！所以说，对我而言，你问我的问题不算“问题”，只算“笑话”，投稿投不中有什么大不了！如果你连这不算事情的事也发愁，你这一生岂不愁死？

传统中文系的教育很多人视之为写作的毒药，奇怪的是对我而言，它却给了我一些更坚实的基础。文字训诂之学，如果你肯去了解它，其间自有不能不令人动容的中国美学，声韵学亦然。知识本身虽未必有感性，但那份枯索严肃亦如冬日，繁华落尽处自有无限生机。和一些有成就的学者相比，我读的书不算多，但我自信每读一书于我皆有增益。读《论语》，于我竟有不胜低回之致；读史书，更觉页页行行都该标上惊叹号。世上既无一本书能教人完全学会写作，也无一本书完全于写作无益。就连看一本烂书，也算负面教材，也令我怵然自惕，知道自己以后为文万不可如此骄矜昏昧，不知所云。

有一天，在别人的车尾上看到“独身贵族”四个大字，当下失笑，很想在自己车尾上也标上“已婚平民”四个字。其实，人一结婚，便已堕入平民阶级，一旦生子，几乎成了“贱民”，生活中种种烦琐吃力处，只好一肩担了。平民是难有闲暇的，我因而不能有充裕的写作时间，但我也因而了解升斗小民在庸庸碌碌、乏善可陈的生活背后的尊严，我因怀胎和乳养的过程，而能确实怀有“彼亦人子也”的认同态度，我甚至很自然地用一种霸道的母性心情去关爱我们的环境和大地。我人格的成熟是由于我当了母亲，我的写作如果日有臻进，也是基于同样的缘故。

你看，你只问了我一个简单的问题，而我，却为你讲了我的半生。文章千古事，得失寸心知。记得旅行印度的时候，看到有些小女孩在编丝质地毯，解释者说：必须从幼年就学起，这时她们的指头细柔，可以打最细最精致的结子，有些毯子要花掉一个女孩一生的时间呢！文学的编织也如此一生一世吧？这世上没有什么不是一生一世的，要做英雄、要做学者、要做诗人、要做情人，所要付出的代价不多不少，只是一生一世，只是生死以之。

我，回答了你的问题吗？

可贵的是生命，
是内在的气息，
而不是顶在头上的姓氏。

一句好话

小时候过年，大人总要我们说吉祥话，但碌碌半生，竟有一天我也要教自己的孩子说吉祥话了，才蓦然警觉这世间好话是真有的，令人思之不尽，但却不是“升官”“发财”“添丁”这一类的，好话是什么呢？冬夜的晚上，从爆白果的馨香里，我有一句没一句地想起来了……

一

“你们爱吃肥肉，还是瘦肉？”

讲故事的是个年轻的女用人名叫阿密，那一年我八岁，听善忘的她一遍遍重复讲这个她自己觉得非常好听的故事，不免烦腻，故事是这样的：

有个人啦，欠人家钱，一直欠，欠到过年都没有还哩，因为没有钱还嘛。后来那个债主不高兴了，他不甘心，所以到了吃年夜饭的时候，就偷偷跑到欠钱的家里，躲在门口偷听，想知道他是真没有钱还是假没有钱，听到开饭了，那欠钱的说：

“今年过年，我们来大吃一顿，你们小孩子爱吃肥肉，还是瘦肉？”

（顺便插一句嘴，这是个老故事，那年头的肥肉瘦肉都是无上美味。）

那债主站在门外，听得清清楚楚，气得要死，心里想，你欠我钱，害我过年不方便，你们自己原来还有肥肉瘦肉拣着吃哩！他一气，就冲进屋里，要当面给他好看，等到跑到桌子一看，哪里有肉，只有一碗萝卜一碗番薯，欠钱的人站起来说：“没有办法，过年嘛，萝卜就算是肥肉，番薯就算是瘦肉．小孩子嘛！”原来他们的肥肉就是白白的萝卜，瘦肉就是红红的番薯。他们是真穷啊，债主心软了，钱也不要了，跑回家去过年了。

许多年过去了，这个故事每到吃年夜饭时总会自动回到我的耳畔，分明已是一个不合时宜的老故事，但那个穷父亲的话多么好啊，难关要过，礼仪要守，钱却没有，但只要相恤相存，菜根也自有肥腴厚味吧！

在生命宴席极寒俭的时候，在关隘极窄极难过的时候，我仍要打起精神自己说：

“喂，你爱吃肥肉，还是瘦肉？”

“我喜欢跟你用同一个时间。”

他去欧洲开会，然后转美国，前后两个月才回家，我去机场接他，提醒他说：“把你的表拨回来吧，现在要用台湾时间了。”

他愣了一下，说：

“我的表一直是台湾时间啊！我根本没有拨过去！”

"那多不方便！"

"也没什么，留着台湾的时间我才知道你和小孩在干什么，我才能想象，现在你在吃饭，现在你在睡觉，现在你起来了……我喜欢跟你用同一个时间。"

他说那句话，算来也有十年了，却像一幅挂在门额的绣锦，鲜色的底子历经岁月，却仍然认得出是强旺的火红。我和他，只不过是凡世中，平凡又平凡的男子和女子，注定是没有情节可述的人，但久别乍逢的淡淡一句话里，却也有我一生惊动不已、感念不尽的恩情。

三

"好咖啡总是放在热杯子里的！"

经过罗马的时候，一位新识不久的朋友执意要带我们去喝咖啡。

"很好喝的，喝了一辈子难忘！"

我们跟着他东抹西拐大街小巷地走，石块拼成的街道美丽繁复，走久了，让人会忘记目的地，竟以为自己是出来踏石块的。

忽然，一阵咖啡浓香侵袭过来，不用主人指引，自然知道咖啡店到了。

咖啡放在小白瓷杯里，白瓷很厚，和中国人爱用的薄瓷相比另有一番稳重笃实的感觉。店里的人都专心品咖啡，心无旁骛。

侍者从一个特殊的保暖器里为我们拿出杯子，我捧在手里，忍不住讶道：

"咦，这杯子本身就是热的哩！"

侍者转身，微微一躬，说：

"女士，好咖啡总是放在热杯子里的！"

他的表情既不兴奋，也不骄矜，甚至连广告意味的夸大也没有，只是淡淡地在说一句天经地义的事而已。

是的，好咖啡总是应该斟在热杯子里的，凉杯子会把咖啡带凉了，香气想来就会蚀掉一些，其实好茶好酒不也都如此吗？

原来连“物”也是如此自矜自重的，《庄子》中的好鸟择枝而栖，西洋故事里的宝剑深揳石中，等待大英雄来抽拔，都是一番万物的清贵，不肯轻易亵慢了自己。古代的禅师每从喝茶啜粥去感悟众生，不知道罗马街头那端咖啡的侍者也有什么要告诉我的，我多愿自己也是一份千研万磨后的香醇，并且慎重地斟在一只洁白温暖的厚瓷杯里，带动一个美丽的清晨。

四

“将来我们一起老。”

其实，那天的会议倒是很正经的，仿佛是有关学校的研究和发展之类的。

有位老师，站了起来，说：

“我们是个新学校，老师进来的时候都一样年轻，将来要老，我们就一起老了……”

我听了，简直是急痛攻心，赶紧别过头去，免得让别人看见我的眼泪——从来没想到原来同事之间的萍水因缘也可以是这样的一生一世啊！学院里平日大家都忙，有的分析草药，有的解剖小狗，有的带学生做手术，有的正埋首典籍……研究范围相差甚远，大家都无暇顾及别人，然而在一度一度的后山蝉鸣里，在一阵阵的上课钟声间，在满山台湾相思芬芳的韵律中，我们终将垂垂老去，一起交出我们的青春而老去。

能为一个学校而老，能跟其他的一时俊彦一起老，能看着一批批的孩子长大而心安理得地去老，也算是一种幸福吧？

五

“你长大了，要做人了！”

汪老师的家是我读大学的时候就常去的，他们没有子女，我在那里从他读《花间词》，跟着他的笛子唱昆曲，并且还留下来吃温暖的羊肉涮锅……

大学毕业，我做了助教，依旧常去。有一次，因为买不起一本昂价的书便去找老师给我写张名片，想得到一点折扣优待。等名片写好了，我拿来一看，忍不住叫了起来：

“老师，你写错了，你怎么写‘兹介绍同事张晓风’，应该写‘学生张晓风’的呀！”

老师把名片接过去，看着我，缓缓地说：

“我没有写错，你不懂，就是要这样写的，你以前是我的学生，以后私底下也是，但现在我们在一所学校里，你是助教，我是教授，阶级虽不同却都是教员，我们不是同事是什么！你不要小孩子脾气不改，你现在长大了，要做人了，我把你写成同事是给你做脸，不然老是‘同学’‘同学’的，你哪一天才成人？要记得，你长大了，要做人了！”

那天，我拿着老师的名片去买书，得到了满意的折扣，至于省掉了多少钱我早已忘记，但不能忘记的却是名片背后的那番话。直到那一刻，我才在老师的爱纵推重里知道自己是与学者同其尊与长者同其荣的，我也许看来不“像”老师的同事，却已的确“是”老师的同事了。

竟有一句话使我一夕成长。

你真好，你就像我少年伊辰

她坐在淡金色的阳光里，面前堆着的则是一垛浓金色的柑仔。是那种我最喜欢的圆紧饱甜的“草山桶柑”。而卖柑者向例好像都是些老妇人，老妇人又一向都有张风干橘子似的脸。这样一来，真让人觉得她和柑仔有点什么血缘关系似的，其实卖番薯的老人往往有点像番薯，卖花的小女孩不免有点像花蕾。

那是一条僻静的山径，我停车，蹲在路边，跟她买了十斤柑仔。

找完了钱，看我把柑仔放好，她朝我甜蜜温婉地笑了起来——连她的笑也有蜜柑的味道——她说：“啊，你这查某真好，我知，我看就知——”

我微笑，没说话，生意人对顾客总有好话说，可是她仍抓住话题不放……

“你真好——你就像我少年伊辰一样——”

我一面赶紧谦称“没有啦”，一面心里暗暗好笑起来——奇怪啊，她和我，到底有什么是一样的呢？我在大学的讲堂上教书、我出席国际学术会议，我驾着标致的二〇五在山径御风独行。在台湾，在香港，在北京，我经过海关关口，关员总会抬起头来说：“啊，你就是张晓风。”而她只是一个老妇人，坐在路边，贩卖她今晨刚摘下来的柑仔。她却说，她和我是一样的，她说得那样安详笃定，令我不得不相信。

转过一个峰口，我把车停下来，望着层层山峦，慢慢反刍她的话，那袋柑仔个个沉实柔腻，我取了一个掂了掂。柑仔这种东西，连摸在手里都有极好的感觉，仿佛它是一枚小型的液态的太阳，可食、可触、可观、可嗅。

不，我想，那老妇人，她不是说我们一样，她是说，我很好，好到像她生命中最光华的那段时间一样好。不管我们的社会地位有多大落差，在我们共同对着一堆金色柑仔的时候，她看出来了，她轻易就看出来了，我们的生命基本上是相同的。我们是不同的歌手，却重复着生命本身相同的好旋律。

少年时的她是怎样的？想来也是个一身精力，上得山下得海的女子吧？她背后山坡上的那片柑仔园，是她一寸寸拓出来的吧？那些柑仔树，年年把柑仔像喷泉一样从地心挥洒出来的，也是她当日一棵棵栽下去的吧？满屋子活蹦乱跳的小孩，无疑也是她一手乳养大的？她想必有着满满实实的一生。而此刻，在冬日山径的阳光下，她望见盛年的我向她走来购买一袋柑仔，她却想卖给我她长长的一生，她和一整座山的龃龉和谅解，她的伤痕和她的结痂。但她没有说，她只是温和地笑。她只是相信，山径上恒有女子走过——跟她少年时一样好的女子，那女子也会走出沉沉实实的一生。

我把柑仔掰开，把金船似的小瓣食了下去。柑仔甜而饱汁，我仿佛把老妇的赞许一同咽下。我从山径的童话中走过，我从烟岚的奇遇中走过，我知道自己是个好女人——好到让一个老妇想起她的少年，好到让人想起汗水，想起困厄，想起歌，想起收获，想起喧闹而安静的一生。

这世上没有什么不是一生一世的，
要做英雄、要做学者、要做诗人、要做情人，
所要付出的代价不多不少，
只是一生一世，只是生死以之。

图书在版编目（CIP）数据

隔花 / 张晓风著 . —北京 : 北京联合出版公司，
2018.9

ISBN 978-7-5596-1988-4

Ⅰ . ①隔⋯ Ⅱ . ①张⋯ Ⅲ . ①散文集—中国—当代
Ⅳ . ① I267

中国版本图书馆 CIP 数据核字（2018）第 076028 号

著作权合同登记号　图字：01-2018-4365
本著作物经北京阅享国际文化传媒有限公司代理，
由张晓风授权在中国大陆独家出版、发行中文简体版。

隔　花
作　　者：张晓风
策　　划：青橙文化
监　　制：王二若雅
责任编辑：牛炜征
特约编辑：王　鑫
装帧设计：宋　璐
内文插画：无　轩

北京联合出版公司出版
（北京市西城区德外大街83号楼9层　100088）
天津市银博印刷集团有限公司印刷　　新华书店经销
字数220千字　　715毫米×1000毫米　　1/16　　17.5印张
2018年9月第1版　　2018年9月第1次印刷
ISBN 978-7-5596-1988-4
定价：45.00元